石《いし》神《がみ》冴《さえ》子《こ》
読者モデルとして活躍しているギャル。
間《ま》久《く》辺《べ》比《ひ》佐《さ》志《し》
クラスカースト最下位のオタク。
美術部所属。
加《か》須《ぞ》浦《うら》百《ゆ》合《り》
明るく天真爛漫な、
天使のような女の子。
与《よ》儀《ぎ》映《えい》子《こ》
グラフィティの道具等を扱う
『Master Peace《マスターピース》』の店主。
御《み》堂《どう》数《かずし》
マッドシティの走り屋集団
"スカイラーズ"の一員。
アカサビ
最強と噂の"喧嘩屋"。
自称、正義の味方。
線《せん》引《びき》屋《や》
正体不明の覆面
グラフィティライター。
鍛《か》島《じま》多《た》喜《き》親《ちか》
マッドシティ最大勢力
"マサムネ"のリーダー。

ライズビル。その白い壁には、昼間にはなかった絵が確かに存在していた。完成は不可能と思われた似顔絵は既に完成していて、タグを打つ黒衣の背中が見えた。
「あの野郎、どんな魔法を使いやがったんだ」
「間久辺君は高校生のレベルからは逸脱している。すでにライターとしても通用するレベルだわ」

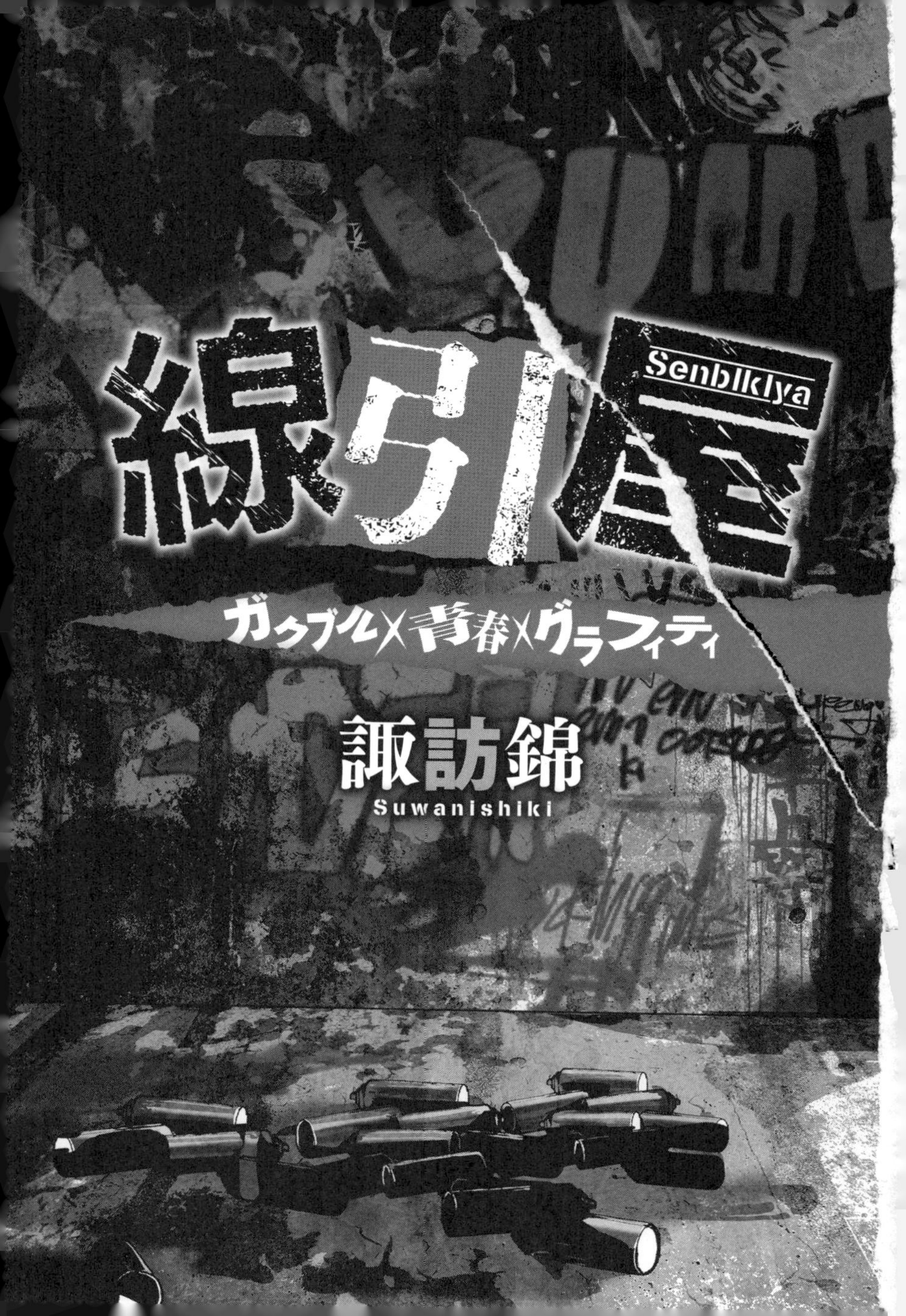
線引屋
Senbikiya
ガクブル×青春×グラフィティ
諏訪錦
Suwanishiki

プロローグ

その日はむしゃくしゃしていた。
クラスメイトの嘲笑《ちょうしょう》。蔑《さげす》む瞳《ひとみ》。あるいは見て見ぬふり。
オレに居場所なんてないんだ。この世界には、きっと。
現実から逃げ出すように、あるいは居場所を探すようにネットの世界を徘徊《はいかい》していると、とあるサイトに不思議な書き込みを発見した。

【異世界への扉が、汝《なんじ》の前に開かれようとしている】

画面をスクロールさせていくと、複雑な幾何学模様《きかがくもよう》の画像があらわれた。

【扉のカギはすでに開かれている。汝、決断の刻《とき》が迫る】

画面には幾何学模様と、それが描かれた壁が映し出されている。よく見るとそれは、オレの家からほど近い場所にあるガード下の風景に違いなかった。

忘れるはずもない。

そこはついさっき、クラスメイトに金を脅《おど》し取られたばかりの場所だったから。

オレはなんの気なしに行動を開始していた。携帯電話だけを持って家を出ると、一〇分ほどで目的地のガード下に到着する。薄暗く、人気《ひとけ》のないそこには、先ほど通ったときにはなかったはずの、あの画像にあった幾何学模様が現れていた。

「なんなんだよ、これ」

そう思い、幾何学模様に触れると、体全体が強い光に包まれるのを感じた。

目がくらみ、まぶたを閉じ、思わず体を庇《かば》うようにして腕を体に絡ませる。

いったいなにがオレの身に起きようとしているのか、恐怖で強張《こわば》る体を襲ったのは、一迅《いちじん》の風だった。

春の穏やかな風のように暖かい空気が、草々の青臭い香りを運んでくる。

いまは真冬のはずなのに。

そう思い、目を開けると、その先にはどこまでも続く草原が広がっていた。

地鳴りのような耳を突く雄《お》たけびが聞こえ、空を見上げると、巨竜《ドラゴン》が大きな翼を広げて大空を旋《せん》回《かい》していた。

現代人が、こういう異常事態に遭遇したときに真っ先に手を伸ばすのが携帯電話。だが、画面を開くと、そこには圏外《けんがい》の文字。

目の前に広がる異常な事態に、オレの口から出たのはハハ、という乾いた笑い声だった。

あのサイトに書かれていた言葉。

異世界への扉が、オレを受け入れた。

クソみたいな日常から抜け出し、オレは心躍る冒険に出る、その一歩を踏み出した。

◇◇◇

「共感やばい、キタコレ」

本日、一〇月一〇日深夜二時二七分、伝説はここから生まれた。

テレビ画面の前、ぼくは抑えきれない興奮を言葉では表現出来ず、荒ぶる鷹《たか》のポーズ——左右の腕と左足を曲げ、威嚇《いかく》するようなポーズのことだ——でなんとか気持ちを落ち着かせようと努力していた。

家族を起こさないように配慮するとか、ぼくってホント親孝行者。

今日から放送開始のアニメ、『ドドメキ〜ドキドキ明星《みょうじょう》貴《き》族学園《ぞくがくえん》〜』の第一話を見て、ぼくは主人公の境遇に信じられないくらい共感を覚えていた。

ぼく、間久辺比佐志《まくべひさし》の居場所はこの世界にない。

きっと異世界に行って、そこで異能力を開眼させ無双して、異能者の集まる学園に入学させられ、そこでも異世界の人間として注目されながら、ぼくの強さに惹《ひ》かれたヒロインたちが集まってきてハーレム形成。これこそがぼくの居場所に違いない。

アニメの原作小説を読みながら、それでも高ぶる気持ちを抑えられずにいた。

アニメ、ゲーム、漫画、ラノベ、そういったサブカルに傾倒《けいとう》して長いぼくだが、ここまでの興奮を覚えたのは、親に隠れて初めて深夜枠のアニメを見た日以来かもしれない。

だめだ、一向に興奮が収まらない。

ぼくはアニメの主人公と同じく、居てもたってもいられなくなり、自室を抜け出すと、こそーっと家を後にした。

ガード下、ガード下っと。

目的の場所は最寄り駅の近くにあるガード下。

原作ではわからなかったが、映像化されたアニメに出てきたガード下は、ぼくの知る場所にどことなく雰囲気が似ていた。まさかモデルにしたとかかな。それなら、原作ファンとしては行かないと。聖地巡礼《せいちじゅんれい》するしかないっしょ！　ってな具合に足を向けて——たどり着いてみて思った。

怖いよ。

深夜のガード下とかヤバいって。主人公どんだけ精神強靭《きょうじん》だよ。なんか聞こえてもいないのに足音とか聞こえてくる気がして心臓が痛い。

ガード下の壁は灰色の無骨《ぶこつ》なコンクリート造り。だが、当然のことながらそこに異世界へと通じる魔法陣は描かれていない。分かりきっていたことだった。

それにしても、ここまでアニメと酷似《こくじ》した環境で、そこに重要な魔法陣だけが抜け落ちている状況というのは我慢《がまん》ならない。

ぼくは家を出る際持ってきていた、プラモデル用のスプレーインクを取り出した。

魔法陣のデザインは、原作ラノベの挿絵でも見ていて、しっかり頭の中に入っている。

ふっと息を吐き出すと、脳内のイメージを固定させ、ぼくは壁に向かってスプレーインクを噴霧《ふんむ》させた。時間にしておよそ五分ほどで、壁にはアニメと同じ魔法陣が現れる。

ぼくは満足すると、そっと手をのばし、アニメの主人公と同じように絵に触れてみた。

まぁ、どうせぼくの世界はなにも変わらないとわかっているけどね。

当然の結果に、それでも少しがっかりしながら魔法陣から手を離しかけたそのとき、眩《まばゆ》い光がぼくの体を包み込んだ。光を手で遮《さえぎ》りながら、目を細め、次に起こる展開に期待する。

これはまさしくアニメと同じ状況っ。

さあ異世界の扉、開け、早《は》よ！

「……あれ？」

ところがここまでアニメ通りに進んでいた事態が急変し、「テメエそこでなにしてやがる」と野太い男の声がかけられた。

光に目が慣れはじめ、声の方に目をやると、そこにはバイクに跨《またが》った男の姿が。しかも一人じゃない。ざっと見ただけで五人以上いる。

どうもおかしいと思っていたんだ。さっきから心臓がやけにドッドッドと激しい音をさせていると思ったら、どうやらあれはバイクのエンジン音だったようだ。普通間違えないだろう、というツッコミがどこからか聞こえた気がしたけど、言っとくがいまのぼくは普通の精神状態ではない。なんたってアニメと同じように壁に触れた瞬間に光に包まれるとか、本来なら感涙《かんるい》にむせび泣いていてもおかしくないレベルなのだ。

しかし、今度は本当に心臓の音が、それこそ自分の耳にまで聞こえるのではないかというくらい激しく鳴っていた。

バイクに乗った男たちは、恐らくこの街にいくつもある不良グループのどれかに属している連中に違いなかった。

正式な街の名前をもじって狂った街《マッドシティ》なんて不名誉な愛称で呼ばれるこの街には、非常に残念なことに、彼らのような一筋縄《ひとすじなわ》ではいかない若者が大勢いるのだ。

ぼくのように健全な若者にとって、この街で生活することはレベル1の状態で難易度の高いダンジョンに挑むみたいなことだ。絶対に勝てない敵とのエンカウント率が異常に高い、みたいな。それどんなクソゲーだよ。

まあ、ぼくの人生からしてホント、クソゲーみたいなものだ。

だったらと、ぼくの頭の中にコマンドバトル風の選択肢が現れる。

・……た、たたかう？
・特殊能力
・アイテム
・逃げる

うむ、たたかうの文字の表示からして脳内コマンドのやる気がないのは明らかなので、取りあえずアイテムは……っと、だめだ、肌色がいっぱいな青少年閲覧《えつらん》禁止状態のスマホしか所持していない。これ見られたら明日から生きていけないよ。

ならば、特殊能力を確認してみるとしよう。

特殊能力を脳内でポチッと。

・荒ぶる鷹のポーズ（ＭＰ８７７）

→これ一択。

……めっちゃＭＰ消費しますやん。

しかし、そうなると選択肢は一つ。

「あ、空飛ぶ猫耳メイドだっ」

ええ、誰も振り向きませんでした、はい。

まあとにかく、やれることといえばこれ、三十六計逃げるに如《し》かず！

踵《きびす》を返したぼくは、不良たちが居る方とは反対側に向かって逃げ出した。

「あ、待ちやがれ！」

叫ぶ不良。相手はバイク。普通だったら逃げられるはずもないが、幸いなことにこのガード下は一般の道から階段を数段降りた低い位置にあるため、バイクに乗ったまま通り抜けることは出来ない。つまり、ぼくを追いかけるにはバイクから降りなければならず、そこまでして彼らがぼくを追いかける理由もないはずだ。

と、思っていたのだが、連中の内三人が跨《また が》っていたバイクを乗り捨てる勢いで降りると、叫び声をあげながら追いかけてきた。

「俺ら三人で追うから仲間呼んで来いっ！」

と恐ろしいことを仲間に指示した男は、次に「テメエこの野郎！」とぼくに向かって怒声《ど せい》を発する。

「ウチのチームのシマ荒らすたぁ、どういうつもりだっ！」

「スカイラーズを舐《な》めやがって、後悔させてやらぁ！」

ファミレスチェーンみたいな名前の不良グループ三人がすごい剣幕で追いかけてくる。状況はまるで理解出来ていなかったが、ぼくに対してかなり腹を立てているのだけはわかった。

こっちとしても身の安全がかかっているため全力疾走《しっそう》だが、いかんせんインドア派という言葉で濁《にご》したオタクの全力など高《たか》が知れているため、その距離は徐々に詰められてしまう。

ああ、もうホント嫌だ、泣きそうだ。

最後の力で踏み入った公園で、力尽きた膝《ひざ》が崩れて盛大に転倒したぼく。なんでこんな目に遭《あ》わなければならないのか、清廉潔白《せいれんけっぱく》な自分にどうしてこんな罰を与えるのか、天を睨み付けるようにして、神様ってやつを恨んだ。

あ、転んだ拍子《ひょうし》にポケットから飛び出したスマホ。

しかも、落ちた拍子にどこか触れたのか、画面には肌色を晒《さら》した二次元キャラの画像が。

ぼくはそっとスマホを拾い、ポケットに仕舞うと、もう一度、天を睨み付けて思った。

清廉潔白なぼくが、どうして。

「チッ、手間《てま》ぁ、取らせやがって」

肩で息をする不良連中が、少し遅れて公園に入ってきた。

このときになってようやく、ぼくは言い訳の言葉を口にしようと考えた。だが、いままでに経験したことがないほどの体の疲労感と、上がる息、そして不良を前にしたときの圧倒的緊張感から、まともな言葉が出てこない。

なにかの犯人と決めつけてくる彼らに、ただ必死で「ぼくじゃない」という旨《むね》の言葉を絞り出すのが精いっぱいだった。

「一目散《いちもくさん》に逃げ出しといて、いまさら言い逃れとか見苦しいぜ。テメエも不良やってんだったら、男らしく正面切ってかかってこいや！」

いえ違います、ぼく不良じゃないです。

というかそれと正反対の存在です。

なんてことを言っても、どうせ信用してもらえないんだろうな。

やだな。サイコ漫画とか、ＦＰＳ《シューティングゲーム》とか好きだけど、痛いの嫌いなんだよ。

そんな当たり前のことを考えながら、この理不尽な状況に諦めをつけようと考えてみる。

だからという訳ではないが、ぼくの意識は完全に自分の内面、そして追ってきていた不良たちに集約されていて、周りのことにまで意識を向けていなかった。

そう、まさか公園に誰かが居るなんてこと、考えもしなかったのだ。

「うるせえなぁ。ご近所迷惑考えろよ、おい」

コンクリートで出来たカマクラのような形の遊具からのっそりと出てきた男は、気だるげにそう言いながら、あくびを漏らした。

「「「ホームレスだ」」」

「ホームレスだ」

あ、ヤバ、不良たちとシンクロしちゃった。

ぼくらの言葉に男はムッとしたのか、「ああ？」と凄《すご》む。

「誰がイケメンホームレスだ」

誰もそんなこと言ってない。

よく見ると、ぼくとそう変わらない若い男だということが、公園の街灯の弱々しい光でもわかる。身長は同世代の平均的な体躯《たいく》のぼくより頭一個分高く、そして手足も長い。

ただ残念なことに、耳や唇、鼻にまでいくつもピアスをつけていて、しかも極め付けに頭部の目立った赤い髪を見た瞬間、その人物がまともではないとわかってしまった。

絶対にこの人も不良だ。しかも、性質《たち》の悪い部類の。

そんな風に思っていると、事態は思わぬ方向へと動いた。

さっきまで威勢よくぼくを追いかけてきていたサイゼだかなんだかっていう不良グループの一人が、及び腰になったのだ。

「お、おい、あの赤い髪、間違いない、ヤツだ。アカサビだ」

しかしそんな言葉を、残りの二人はまるで意にも介さない様子だ。

「ああ？　なんだテメエは。部外者はすっこんでろカス」

「しかもなんだコイツ。パンクジャンキーかよ、ピアスだらけ。顔中穴だらけにしてピアスの数増やしたろか、ああん？」

「お、おい、よせよ」

なおも赤い髪の人を挑発する二人を、そう言いながら止める男。

だが、興奮状態の男たちはまるで引き下がろうとしない。それどころか——

「駅周辺で最大規模のスカイラーズに喧嘩売ってきたんだ、生きて帰す訳にはいかねえよな」

そう言いながら、赤い髪の人とぼくを順番に見てくる。

やっぱり、ぼくのことも忘れてくれてはいないようだ。

その男は拳を握り、指の骨を鳴らしながら言った。

「スカイラーズ一喧嘩《けんか》っ早い男、ペーパーナイフの田中たあ、俺のことだ」

うん、すごく弱そうだね。

「知らねえ」

即答した赤い髪の人。まったく同意見だった。

「ふ、ふん。まあいいさ。いまは知らなくても、俺の名前を聞けば誰もが恐れて道をあける、そんな不良に俺はなるからよ」

あ、死亡フラグ。

赤い髪の人——さっきアカサビとか呼ばれてたっけ——が、容赦《ようしゃ》ない拳をペッパーライフだかなんだかっていう異名の人に叩き込む。

さっきまで遊具の近くにいたはずの赤い髪のアカサビさんは、その大きい体には似つかわしくない速い動きで、気付いたらその距離を一気に詰めて男を殴り飛ばしていた。

濃い緑のダウンジャケットに隠れて確認することは出来ないが、そのスラリと伸びた腕は恐らく筋肉の塊《かたまり》だろう。そうでなければ説明がつかない吹き飛び方をしていた。

「べらべらとうるっせえんだよ」

アカサビさんは、握り拳を作ったままそう言った。

続いてもう一人も、アカサビさんに向かっていった。

そいつは、目の前で仲間を吹き飛ばされ、茫然《ぼうぜん》と佇《たたず》んでいたかと思うと、急にスイッチを入れられた壊れかけのオモチャみたいに、不格好な姿勢で拳を構えた。

「よくもペーパーナイフを……ぶ、ぶっ殺したらぁ！」

叫び声とともに突進した不良を、アカサビさんは半身だけ翻《ひるがえ》していなすと、すれ違い様《ざま》に男の襟首《えりくび》を掴んで思い切り引っ張った。すると、勢いに乗った男の体の前進運動のエネルギーが、襟を通してすべて男の首にかかって、一瞬呼吸を止めさせた。

息苦しさからか、あるいは単純に喉《のど》の痛みからか、男は地面に膝をつくと、喉を押さえながらむせ返っている。

その隙をつくように、後頭部あたりに容赦のないアカサビさんの蹴りが入り、男は意識を失ってその場に倒れ込んだ。

え、ちょっとなにこの赤い髪の人。

アカサビさんって、この物語の主人公ですか？

第一章——階調変更

1

翌日が金曜日だからって、夜更かしして深夜アニメをリアルタイムで見ようとするから、あんなに恐ろしい体験をすることになってしまったんだ。

二年三組の教室。ぼくは登校するなり、自分を戒《いまし》める意味で目をつむり、瞑想《めいそう》にふけった。決して眠たいという理由で机に突っ伏し、目を閉じている訳ではない。本当だよ？

そんな崇高《すうこう》な瞑想時間を邪魔するように、クラスメイトの談笑し合う声が耳についた。

どうしてヤツらは、ちょっとの時間大人しくしていることが出来ないのだろうか。学校という場所は自分だけの場所ではないということを、いい加減理解してもらいたいものだ。

まあ、直接は言わないけどさ。

それにしてもつくづく思う。ホント、こういうときクラス内ボッチは楽でいい。

高校生活もすでに二年目の二学期に突入して久しいというのに、クラスメイトの誰からも話しかけられることがないから、こうして登校早々に眠りこけていても、なんの違和感もない。

べ、別に寂しくなんかないんだからね！

机に突っ伏したまま、散漫《さんまん》となる意識の中で、ぼくは昨夜の出来事を思い返していた。

赤い髪の男。確か名前はアカサビと言ったか、彼の圧倒的な力によって撃退された二人の不良。残りの一人にその矛先《ほこさき》が向きかけたところで、男はアカサビさんに待ったをかけた。

「ま、待ってくれ。あんたの眠りの邪魔をしたことは謝る。だから、ここは見逃してくれ。喧嘩屋アカサビに楯突《たてつ》こうなんて思ってないからさ」

「あぁ？　オレのこと知ってるのかテメエ。名前は？」

アカサビさんの問いに男は答えた。

「御堂数《みどうかずし》」

御堂と名乗った男は、アカサビさんに一撃で沈められた仲間二人とはどこか違って見えた。単純に容姿を見るかぎり、倒された二人ほど気合の入った不良という印象を受けなかったためだろうか。短髪の髪は、街灯の灯りでもわかるくらい派手な金色で、短髪の髪をワックスで立たせたリーゼントマッシュとかいう噂のオシャレヘアー。服装は黒のライダースジャケットを着用しており、不良として突っ張るためというより、モテることを意識したようなチャラチャラした印象を受けた。

アカサビさんは、そんな御堂の姿をまじまじ眺めてから一言。

「御堂？　知らねえ名前だ」

「当然だよ。俺はあんたほど有名人じゃないんでね」

「ああ？　そのせいで、こっちは平和に過ごしたいっていうのに、テメエらクソ不良連中から絡まれていい迷惑なんだよ」

「最強の喧嘩屋を倒したとなれば、不良界で一躍《いちやく》その名を広められるからな。野心のある連中は無《む》謀《ぼう》にも挑むだろうさ」

「そもそも勘違いしているみたいだが、オレは喧嘩屋じゃねえんだよ」

「喧嘩屋でもない人間が、不良グループをことごとく潰して回るものか」

二人のやり取りを見ていてぼくは思った。

——あれ、完全に空気だぼく。

ならばここは素直に、邪魔者は退散すべきだと考え、二人に気付かれないようにこっそり逃げ出そうとする。

二人の目を逃れ、なんとか公園の出口近くまでやってきたぼくは、そこで恐ろしい光景を目の当たりにした。さっき、ガード下で見かけたバイク集団のうち、ぼくを追ってこなかった数人が仲間を呼んで、公園に押し寄せてきたのだ。

「なんだよ、まだピンピンしてんじゃん。あいつらなにやってたんだよ」

ぼくを見るなり、不良の一人がそう言った。

数にして二〇人近かったと思う。

公園の外へと通じる道はすべて囲まれてしまったため、ぼくは仕方なく逃げてきた場所に再び戻ることになった。

不良たちは、公園を取り囲み、逃げ道を完全に封じたことで安心しきっているのか、薄《うす》ら笑いを浮かべてぼくとの距離を詰めてくる。

「おーい、逃げ場なんてどこにもないぞー」

ゲラゲラ笑う不良たち。だが、公園内で横たわる仲間を発見すると表情が険しくなった。

「テメエがこいつら殺《や》ったのか？」

「ち、違います」

ぼくは必死に首を横に振った。

「じゃあ誰が――」

不良たちの言いかけた言葉が途中で止まる。その視線の先には、彼らの仲間である御堂とかいう男と、倒れている二人を一撃でダウンさせたアカサビさんの姿があった。

「これはどういう状況だ、御堂。なんで喧嘩屋がここにいる」

「す、すみません。俺にもなにがなんだか」

「状況は極めて単純だ、タコ」

御堂の言葉を遮ったアカサビさんはそう言いながら、肩を回した。

「うじゃうじゃ集まってきたクソうぜえハエ連中を、これからオレが一匹残らず叩き潰すってことだよ」

「上等だオラ、オメエらやっちまえ！」

二〇人以上の不良集団が、たった一人に襲いかかろうとしていた。

アカサビさんがどれほど強いのか知らないが、さすがにこの人数では集団リンチだ、助けないと。そう思い、一歩踏み出そうとしたけれど、体が動かない。染み付いたオタク根性が、不良たちを前にぼくの足をすくませる。

彼を巻き込んでしまったのはぼくなのに、なにも出来ない不甲斐《ふがい》ない自分が嫌になる。せめて警察に通報を、そう思いスマホを取り出すと、アカサビさんは右手をあげ、ぼくを制して言った。

「大丈夫。黙って見ていろ」

その様子を見て、不良たちが声を荒らげる。

「なんだよアカサビ、死ぬ覚悟でも固まったか！　テメエの首を手土産に、うちらのチームも千葉連合の上位組織の仲間入りだ」

「へえ。連合なんてものがあるのか。じゃあアンタらを潰した後は、その千葉連合ってヤツを潰すとしよう」

「金で雇われる喧嘩屋風情《ふぜい》が、粋《いき》がってんじゃねえぞ」

「だから何度も言ってんだろうが。オレは喧嘩屋じゃねえよ」

拳を構えたアカサビさんは、そして言った。

「オレは、正義の味方だ」

その後は、まるでアニメでも見ている気分だった。

二〇人もの不良が次々と、たった一人にやられていく様《さま》に目を疑ってしまう。

お世辞《せじ》にも連携が取れているとは言えないチームだったが、それでも数に勝る優位なし。一対二〇では、そもそもアカサビさんに勝ち目などないはずだった。だが、結果はぼくの想像とは違っていた。

繰り出される、不良たちの拳と蹴り。それを、まるですべて見えているかのように簡単に避《よ》けてしまうアカサビさん。そして、その動作の中で、近くにいる不良たちの足を破壊する勢いでローキックを入れていく。たちまち身動きが取れなくなった不良たちは、逃げ出すことも許されないまま、アカサビさんの圧倒的な力を味わうことになった。

これが御堂とかいう不良が言っていた喧嘩屋の力なのだろう。

「クソがっ」

死屍累々《ししるいるい》の中、やられた足を引きずりながら、男が言う。どうやら彼がこのチーム、スカイラーズのリーダーらしい。

「おい御堂！　千葉連に連絡入れろ。このクソ野郎の息の根、止めるために兵隊出させろや！」

ただ一人、早々に命乞《いのちご》いをしていた男、御堂数だけはアカサビさんの攻撃を受けていなかった。

だが、それは御堂が手を出さないと宣言していたからであって、敵対行動を取るとわかれば、アカサビさんも黙ってはいないだろう。

御堂は状況を精査し、判断を下した。

両手をあげ、降参のジェスチャーを見せ「お断りです」と。

「テメエ！　裏切るつもりか。新参のお前を取り立ててやった恩を忘れたとは言わせねえぞっ」

「ギャーギャー喚《わめ》くな、鬱陶《うっとう》しい」

アカサビさんが、喚き散らす男に近づく。

「だいたいよぉ、このチームは今日をもって解散なんだよ。なんかここら一帯を支配したつもりでイイ気になってるチームがいることは知ってたけどよ。まあ実害があった訳じゃないし大目に見てきたが、少しハシャギすぎたな」

「テメエら、これで終わったと――」

「うるせえ、もう寝てろ」

アカサビさんに、ゲシッと顔面を靴底で容赦なく蹴られる男。入り方が悪かったのか、そのまま昏倒《こんとう》してしまった。

アカサビさんはあくびを漏らすと、振り返って言った。

「御堂っつったか。お前、今回だけは見逃してやるが、次にオレの目の前で舐めた真似したら、今度は容赦しねえから」

こくこくと頷く御堂に続いて、「それからお前」と矛先がぼくに向かう。

「ハ、ハイッ」

ぼくは思わず姿勢を正し、直立で返事していた。

「ケガ、なかったかよ？」

アカサビさんは品定めするみたいにじっくりこっちを眺めた後、そう言って破顔《はがん》したのだった。

な、なんというイケメン。顔もさることながら、精神的にもイケメン過ぎるよこの人、アニキって呼ばせてほしい！

アカサビのアニキは背中を向けると、言った。

「オレはもう行く。お前もそこでのびてる連中が目覚ます前に帰ったほうがいいぞ。なにがあったか知らないが、これに懲《こ》りたら、パンピーが夜の街に関わらないことだ」

当然そのつもりだ。もう二度と、今日みたいな真似をするつもりはない。アニメは所詮《しょせん》、虚構《きょこう》にすぎない。どれだけ願っても、この現実世界から抜け出して異世界へ旅立つことなど出来ないのだ。

「ツキショー、これからどうしたらいいんだ」

頭を抱えた御堂は、どうやらこれからのことを考えるので忙しいようなので、邪魔をしないよう、ソッと帰ることにした。

そうして家に帰る頃には、すでに朝日が昇りはじめていた。

結果として、ぼくは睡眠不足のまま登校を余儀《よぎ》なくされ、こうして惰眠《だみん》をむさぼっていた訳だ。

しかし、いつも騒がしいクラスメイトたちの喧騒《けんそう》が、今日は余計に耳に刺さる。目を閉じていることで感覚が鋭敏《えいびん》になっているのかとも思ったが、それにしても騒がしい。

『なあなあ、もうすぐ文化祭じゃん。準備どうなってんの？』

『衣装メンバーはかなり前から準備入ってるらしいけど、俺ら雑用は前日にならないと教室を飾り付け出来ないから気楽なもんだ』

『衣装なぁ。女子連中、どんな格好するんだろう。楽しみだな』

ぼくの目の前で、男子二人がそんな会話をしていた。

そう言われてみると、クラス内の浮足《うきあし》立った雰囲気は、イベント前特有の騒々しさだ。

文化祭なんて、ぼくに言わせれば時間の無駄としか思えないイベントで、ソシャゲのイベントダンジョンをやっている方がずっと有意義な時間の過ごし方だと思う。

さて、そろそろ目も覚めてきたので、クラス内の喧騒をＢＧＭに、スマホでも弄《いじ》っていることにしよう。

そう思って机から体を起こしたそのとき、まるで健《すこ》やかな目覚め直後のスズメのさえずりのような、あるいは萌《もえ》ゲーのヒロインの甘えた声のようなソプラノボイスがぼくの耳に届いて、思わず視線を向ける。

彼女は、加須浦百合《かぞうらゆり》と書いて天使と読む女の子。小柄な体は、まるで深窓《しんそう》の令嬢のようにしなやかで、首筋まで伸びたボブカットの黒髪には、光を受けて天使の輪が見えた。その容姿とは裏腹な天真爛漫《てんしんらんまん》な性格と、無邪気な仕草を見ているだけで、ぼくはもう、辛抱堪《しんぼうたま》らなくなる。

その天使、もとい加須浦さんは、「わぁ！」と声を出したかと思うと、「ねえねえ冴子《さえこ》、これ見てこれ！」と机をバンバンと叩いた。

ああもう可愛い。可愛いなホント。

「あん？」

加須浦さんに呼ばれ、スマホから気だるげな表情を覗かせたのは石神《いしがみ》冴子。見るからに脱色した髪をドライヤーの当て過ぎによるものだと言い張って教職員を黙らせる彼女は、そのセミロングの髪の毛先に最近ゆるふわパーマを掛けたのだと自慢げに大声で話していた。本当、どうでもいい。

そして、スラリと伸びた足を惜しげもなく晒すミニスカートに、独自のセンスで着崩した制服。加えて学校だというのに化粧《けしょう》していることを隠そうともしないその態度。これ尻軽確定、漫画じゃメインヒロインになれないタイプだよ、彼女。

おっと、それに比べてぼくのメインヒロインであるところの加須浦さんが、頬を膨《ふく》らませているぞ。

「もう冴子、ちゃんと聞いてよ。ストジャ更新されてるの見た？」

「見てないよそんな不良雑誌。ストリートジャーナル、だっけ？」

「ストジャは不良雑誌なんかじゃない。れっきとしたファッション誌だよ。冴子、読者モデルなんだし知ってるでしょ？」

「いや、あれメンズじゃん。ウチがモデルやってるのティーンズ誌だし」

「それにしたってストジャは要チェックだよ。雑誌としてはファッション情報誌の体裁《ていさい》をとっているけど、特集で組まれる若者カルチャー紹介が最高なんだから。それに私が言ってるのはそれのウェブ版。コンビニに売っている雑誌版とは内容の濃さとか比較にならないんだから。特にいま注目なのがこの最新記事。謎のグラフィティアーティストが、かなり大きい不良グループを潰したんだって。これ、この街のこと書いてあるんだよ？」

「だからぁ、ウチ、そういうの興味ないし」

そう言って、石神さんは加須浦さんの話をバッサリ切った。

「えー、カッコよくない？　正体不明のライター、悪を討《う》つって」

「どうせブ男よ、そいつ」

「そんな夢を壊すこと言わないでよぉ、もう」

加須浦さんは頬を膨らませ、眉間《みけん》にシワを寄せた。

天真爛漫なアイドルみたいな加須浦さんと、女子のファッションリーダー的存在で、しかも実際に読者モデルをやっているクールな石神さん。この二人は、これが不思議と馬が合うのか、いつも二人で行動している。

その見た目の華やかさも相まって、このクラス、いや学年全体で見ても発言力の高いリーダー的存在と言えるだろう。それに付随《ふずい》する煩《わずら》わしいストラップのように、運動部に所属する男子連中が取り巻きみたいに輪を形成している。運動部のくせに髪は長く、眉毛《まゆげ》なんかも手入れしちゃって、スポーツマンらしくない。

いつも一緒にいる石神さんや、その運動部男子のチャラい風貌《ふうぼう》とは違い、加須浦さんはまるでそう、それは古式ゆかしい日本人らしい黒髪からしてどこか違う。

つるんでいる男子は髪をワックスでガチガチに固め、石神さんはアイロンだかなんだかでくるくると髪をウェーブさせたり、茶髪に染めたりしている中で、加須浦さんは作り物ではない、自然体の可愛らしさを持っていた。女子のリーダー的存在である石神さんと仲が良いことも相まって、女子生徒からも人気が高く、当然、男子からの受けも良い。

もちろん、ぼくだってその他大勢の内の一人だ。

誰だって、加須浦さんに憧れを抱く。

そんな風に、物思いに耽《ふけ》っていたため油断した。

「うっわ、キモオタがこっち見てるし」

石神さんがそう言ってぼくの方を指さした。慌てて視線を外したがもう遅い。あの性悪《しょうわる》女の言葉に焚《た》き付《つ》けられた運動部男子連中が、クラス全体に聞こえるくらい大きな声でケタケタと笑いながら、ぼくの方を指さして悪態をつく。これが現実。ぼくの世界。

そもそも人にはそれぞれ個別の世界、色がある。

ぼくの世界は、まあ色でたとえるなら灰色。御覧《ごらん》の通り、くすんだ冬の空と同じ。

一方、大声で笑い合う男女グループは恐らく、ネイビーブルー。真夏の海のように華やかで眩しい。それを言葉にするならば青春、だろうか。

詩的で素敵な自分の世界に浸《ひた》るあまり、本来は危険察知能力がサバンナの小動物並みに高いはずのぼくが、あろうことか出遅れてしまった。

気付くと、壁沿いの席を遠巻きに囲むようにして笑っていたはずの運動部男子たちが、ぼくの机の周りを取り囲んでいたのだ。

借りてきた猫だってもう少し生きた心地《ここち》を楽しむだろうというくらい小さくなるぼく。ほんと、物理的にも小さくなったみたいな気分だった。

やがて誰かが口を開いた。

「お前さあ。教室でゲームやるとかどんだけオタクだよ。見てて萎《な》えるわ」

別にぼくがどこでなにをしていたって、彼らにはなんの影響もないはずだ。

だが、彼らはそうは思ってくれないらしい。彼らにとってこの教室は自分たちの部屋で、ぼくはそこに無断で入り込んだ外敵なのだ。いや、もしかしたら害虫とでも思われているのかもしれない。

だからぼくは、「ご、ごめん。気を付けるよ」と謝る他ない。

口ごもった姿を見て、小バカにしたように誇張してぼくの口真似をした野球部の江津《えづ》君に、ドッと笑いが起きる。

「マジモノマネサイコー。江津ヤバいわ、芸人なれってホント。あ、そう言えば」

あー、腹イテ、と言いながら、確かサッカー部の能田《のうだ》君だったか、彼がぼくの机にバンッ、と手を置いて顔を近づけてくる。

「確か間久辺も、モノマネ得意じゃね？」

マクベ？　はて誰のことだろう。そんな他人のフリをして現実逃避を試みるくらい、ぼくはもう、生きた心地がしなかった。

モノマネ？　そんなのしたことないし、ましてや彼らの前で披露《ひろう》するような状況がこれまでにある訳がない。

それなのに、こんな無茶ぶりしてくるのは、彼らの後ろで控えている石神さんと加須浦さんに見せつけるためなのだろう。これは見せしめだ。どうやらぼくのようなクラス内カーストの最下層に位置するオタクには、彼女たちを視界に入れることすら許されないらしい。

「よっし、じゃあリクエスト。死にかけのヒキガエルの真似《まね》やってくれよ」

「お、いいじゃんそれ、面白そう」

「やれよ、間久辺」

運動部三人に圧力をかけられ、ぼくは身動き一つ取れなくなっていたというのに、さらに煽《あお》られる。

「よぉみんな、間久辺がこれからとっておきのモノマネ披露するってよ！」

最悪のアシストを見せたのはバスケ部のエース、木下《きのした》君。ほんとキラーパスだ。

いよいよもって死刑台に立たされた気分になったが、もう引き下がることも出来ないし、時計に目をやっても、まだ授業が始まるまで数分ある。このイタズラを時間切れで乗り切るのも無理そうだった。

「早くー、みんな待ってるよマクベ」

石神さんが急《せ》かすようにそう言い、教室内にマクベコールが巻き起こる。


マックーベ、マックーベ、マックーベ、マックーベ……


ああ、もう逃げられそうにない。

ぼくは席から立ち上がると、教室の開けた所まで行き、そこで仰《あお》向《む》けに寝転がって、手足を不格好に持ち上げる。喉の奥から、悔しさとか怒りとか、そういうのを絞り出すように「グエェ」と鳴き真似をし、バタンと手足を地面に落とした。

死にかけのヒキガエル？　死にかけはぼくの方だ。

案の定、教室の中はまるで通夜《つや》の席みたいに静まり返っていた。笑うな、と運動部連中が目で合図したのだろう。クラスメイト、誰一人として物音ひとつ立てない。

もう死にたい。本気でそう思った。

だが、次の瞬間、「あはは」と笑い声があがる。

それは嘲笑とかではない、心の底から面白いものを見たような笑い。

顔を向けると、教室の中心で加須浦さんが大爆笑していた。

席から立ち上がった彼女は、運動部連中に近づくと、「言った通りサイコーだね。江津君なんかよりずっと面白いよ、彼」と言った。

それから、加須浦さんはなにを思ったのか、その足の方向をぼくの方に向け、近づいてきた。やがてその足は横たわるぼくのすぐ側まで来て、止まる。

もちろん紳士なぼくはこれっぽっちも彼女の下着を覗《のぞ》こうなんてしていなかったけれど、ただ地べたに横たわっているこの状況では、見えてしまうのは仕方ないだろう。不可抗力というやつだ。

だが残念ながら彼女はすぐに膝を折ると、ぼくの手を掴んで引き起こした。いや、残念どころか彼女に触れられただけで幸運か。まあとにかく、加須浦さんはぼくを起こすと、「ほんと、面白かったよ」と言って、また自分の席に戻って行った。

同時に、始業の鐘が鳴る。

悔しそうにこちらを睨み付ける江津たち運動部連中は、見るからに不愉快そうに自分たちの席に戻って行った。

2

「マクベス。そりゃ災難だったな」

携帯ゲーム機に視線を落としながら、友人の廣瀬《ひろせ》はそう言った。マクベスとは仲間内で呼び合うぼくのあだ名みたいなもので、いまは部活動という名目で集まった廣瀬と中西《なかにし》と三人で、美術室で協力プレイのゲームに熱中しているところだった。

彼らは趣味を通じて出来た学内唯一の友人たちで、ゲームのマップ移動中に、さっき教室で起きた惨事を説明したところ、他クラスの二人も「俺たちもクラスで似たような境遇だ」と笑っていた。正直、ぼくらのような生徒は生きづらくなっているのだ、学校という場所は。

美術室は校庭と面していて、グラウンドからは野球部とサッカー部の気合の入った掛け声が聞こえてくる。その中に、さっきぼくをバカにし、笑っていたクラスメイトの姿も見受けられた。

「まあ、俺なんてこんなブサ面に産み落とされた時点で、この人生詰んでるから。中西はリアルな脇役みたいな顔してるし、マクベスは見た目暗そうってこと以外はまあ普通だけど、他人と二秒以上目を合わせられない挙動不審者じゃん？」

「ひ、ひどいこと言うな」

「そうだそうだ、ぼくだって目を合わせることくらい出来る」

ほら、と言いながらぼくは前髪をかきわけ、廣瀬の瞳をまっすぐ見る。

「いや、俺相手じゃしょうがないだろう」

確かに廣瀬の言う通りではあるな。

完全なる格差社会。それが学校だ。運動部に力を入れているこの鹿橋《しかばし》高校は、偏差値的には中間よりも少し下回るレベルにある。運動部で青春を費やすために入学した生徒を除けば、頭の空っぽなギャルや不良生徒か、あるいはぼくらのような趣味に没頭するオタク生徒が集まっているような極端な学校だ。当然、オタクは虐《しいた》げられる星の下にあった。

ここ、美術部のような文化系の部活動はそんな根暗な生徒たちの隠れ蓑《みの》としての役割を持っていた。美術部はぼくらを含め、名前だけ書いてそれきり来る気配のない幽霊部員ばかりで、まじめに活動をしている生徒など皆無だ。

「て、敵みっけ。ふ、二人もさっさと合流してくれ」

相変わらず、仲間内でもドモリがちな中西は、教室ではほとんど一言も話さないという。そんな彼の貴重な言葉に、ぼくと廣瀬もゲームに熱中する。

「死ね死ね死ね！」

モンスターを攻撃しながら、時々クラスの気に入らないチャラ男の名前を挟んだりして笑い合うことで、復讐心を満たすくらいが、ぼくらに出来るささやかな反抗だった。

クエストをクリアし、ゲームに一区切りがついたところで廣瀬が言った。

「そうだ。昨日の〝ドドメキ〟見た？」

「で、出た、今期最大の問題作〝ドキドキ明星貴族学園〟！」

ぼくも嬉しくなって答えた。

「録画しておいたけど、それでも目覚ましかけて起きて見たよ。一〇分前くらいから画面に釘付け」

深夜にやってるアニメの話題で盛り上がる。ぼくらにとっては鉄板ネタで、アニメの話なら半日語り合っても飽きることはない自信がある。

「異世界キャラのミリア様、ま、マジ女神」

「声が良いんだよな。声優のセリナはクールキャラ外れないし。俺は前からセリナ絶対当たるって目つけてたし」

「出たよ声優オタ」

「で、でもやっぱ、作画はさすがじゃね？　あの制作会社が立ち上がった時点で、げ、原作の世界観を良い意味で壊してくれたし、あ、あの異世界に通じる魔法陣とか、ま、マジ鳥肌立った」

「お、さすがわかってるじゃん！」

ちょっと待ってと言い、ぼくは部屋の中を移動して引き出しの中に入っている画用紙と色鉛筆を持ってくる。話のタネに、すぐ仕上がるように軽いタッチで頭の中のイメージを画用紙に投射していくと、廣瀬と中西が徐々に感嘆の声をあげる。

「マクベスは相変わらずスゲーな。もう描けるようになってんじゃん」

ぼくの描いた幾何学模様を見ながら、感動したように声をあげてくれる二人。

昨夜、ぼくはテンションが上がって居てもたってもいられず、ガード下の壁にスプレーインクで同じものを描いたのだ。それに比べれば、紙にペンで描くことなど造作もなかった。

「マ、マクベス、あ、アニメのキャラとかも普通に描けるもんね。うらやましい。ま、漫画とか描いてみたらよくね？」

「無理だよ。どんなに絵が描けたってストーリーが全然だもん。どうやったっていままで見たラノベのパクリにしかならないし」

「そう言うってことは描こうとしたことあんのかよ」

墓穴を掘ってしまった。ただまあ、友達にちょっとした黒歴史を知られることくらいなんということはない。

なんて言ったって、ぼくらの黒歴史は現在進行形な訳だし。

下校時刻になると、ぼくらは美術室を後にした。駅前のゲーセンに格ゲーの新台が入ったというので様子見に行こうと誘われ、駅までの道を談笑《だんしょう》しながら歩く。

「俺思うんだけどさ。最近アニメキャラの中にまでギャルの存在が浸透《しんとう》してきているの、うんざりするんだけど」

廣瀬が心の叫びとも取れる言葉を口にした。

まったくもって同意見だ。

「ギャ、ギャルとか学校だけで見飽きてる。ま、街を歩いたって、う、うんざりするくらいいっぱい居るし」

中西の言う通り、特に駅に近づくにつれてその様相《ようそう》は顕著《けんちょ》に見えてくる。

県内でも有数の栄えた駅として有名なこの土地は、特に若者向けのファッションやアクセサリー、小物などを取り扱う店舗が多く存在している。そのため、放課後ともなれば周辺地域の学生、その中でもギャルやチャラ男が下品に笑い合いながら駅界隈《かいわい》を闊歩《かっぽ》する姿が見られるのだ。オタクにとっては居心地の悪さが半端じゃない。

「どうしてあんな場所に、周辺で一番デカいゲーセンを建てるかな」

これも心の叫びだった。

駅と併設されるように建つ五階建てのビルは丸ごとゲームセンターになっており、一階がクレーンゲーム、二階が体感ゲーム、三階がメダルゲーム、四階が筐体《きょうたい》ゲームとバリエーションに富んでいた。最新のゲームが揃っているあの場所は、ぼくらにとって理想的なゲーセンなのだが、いかんせん場所が場所だけにチャラ男やギャルの姿が気になってあまり近づこうとは思わない。今日みたいに新台でも出なければ、寄り付かない場所だ。

ゲーセンへと向かう道中、線路を越えるためのガード下が見えてくる。そこに何やら、派手な見た目のヤンキー風な男が立っているのが見えた。

「な、なあ、どうする？」

「どうするったって中西、あそこ通らないとゲーセン行けないじゃんかよ」

よほど新しく入ったゲームがやりたいのか、いつになく強気な廣瀬。だが、声は震えていた。

二人は単純にヤンキーを恐れているのだろう。

だが、ぼくは違った恐怖を抱いていた。

ガード下にいる男は、あそこでいったいなにをしているのだろうか。そこは紛れもなく、昨夜、ぼくが壁に絵を描いた場所なのである。

不良の背後をなるべく早足で、でも相手に意識させない程度に自然な速度で歩く。あと少しで出口だ、と安心しかけたところで、「おいお前っ」と声が飛び、思わずびくっと体が跳ねる。恐る恐る振り返りそこに立っていた人物を見て、ぼくは思わずハッとして息をのんだ。

御堂数。

昨夜、ぼくを追い回していた不良の一人だ。

「見つけたぜクソガキ。散々探し回ったっていうのに、最後はお前の方からやってくるとはな。犯人は犯行現場に戻るってマジなんだな」

御堂の視線は真っすぐにぼくに向いていた。

廣瀬と中西は、「知り合い？」とうかがうようにぼくに聞いてくる。

まさか、知り合いなものか。

ぼくはこの男に襲われかけたんだ。

だが、そんなことを言って二人を怖がらせる訳にもいかない。「ちょっとね」と、ぼくは答えた。

それから、ぼくは急用が出来たと言い、二人を行かせ、御堂と二人きりになる。

御堂の口ぶりからして、ぼくを探していたのは明らかだ。間違いなく、昨夜の出来事に関わることだろう。それに二人を巻き込む訳にはいかなかった。

「それで、ぼくを探していたのはなぜです？　復讐とかだったら勘弁《かんべん》してくださいよ。アカサビさんに、ぼくには手を出さないって約束してたじゃないですか」

「そう。それでお前を探していたんだ。アカサビ、あいつの居場所を知らないか？」

ぼくはかぶりを振った。そんなの知るはずない。

「チクショウ、マジかよ」

本気で焦っている様子の御堂。少し、気になった。

「あの、なにかあったんですか？」

「なにかあったかじゃねえよ。お前のせいでな、こっちは千葉連に殺されそうなんだ」

「え、どういうことですか？」

「あぁ？　お前、学生なんだろう？　なんで見てないんだよ」

「す、すみません。それで、見てないってなんのことです？」

「これだよ、これ！」

スマホを手渡され、画面に映し出されているサイトのトップ画面には『ストリートジャーナル』と書かれていた。確か、今朝クラスで加須浦さんが言っていたサイトの名前だったはずだ。

いったいぼくとどう関係しているのか、手渡されたスマホをスクロールさせた。

《オンライン版　ストリートジャーナル》
若者文化の現在《いま》を斬り取るＷＥＢマガジン！

〔ＣＯＮＴＥＮＴＳ〕
【マッドシティに現れるダークヒーロー、その名はアカサビ】
【関東最大の暴走族スカルライダーズ内部分裂　高次凜矢《たかつぎりんや》ＶＳ如水丈二《いくみじょうじ》】
【女性ヒップホップ集団ＫＡＧＥＫＩ（華撃）とは】
【今若者に絶大な人気を誇るシルバーブランド　ＫＴ《ケイティ》】
【元暴走族が属する自警団による行き過ぎた世直し　街クリーン企画】
【編集部が振り返る、夜の街、度重なる抗争の歴史】

【芸術？　景観破壊？　ＣＡＧＡ丸氏が語るグラフィティとは】

new!

【独占　謎のライターがスカイラーズを壊滅。その正体は？】


過去の記事でも少し紹介したが、街の壁などにスプレーインクによって絵や文字を描く行為をグラフィティと言う。

当サイトでも以前特集した『ＣＡＧＡ丸氏』が街では先駆《せんく》的グラフィティライターとして有名であるが、氏は土地の所有者から許可を得て行為に及ぶプロのライターである。

だが、多くのグラフィティライターは無許可で公共の壁や私有地でのライティング行為に及んでいる。これは刑法における器物損壊等の罪に問われる重大な犯罪行為であることを初めに理解しておいてもらいたい。

さて、昨夜、駅周辺で勢力を伸ばしていたスカイラーズというチームが一夜にして壊滅するという事態が起きた。記者Ｔが取材したところ、彼らは自分たちの縄張りにタギング〈※自らの名などを刻む行為〉しているライターを発見し、その人物を襲撃したところ、逆に返り討ちに遭い全滅させられたのだという。

一昔前まで、不良グループがチームを表す手段として用いていたものは色《カラー》だった。メンバーがチームのシンボルとも言える色をファッションに取り入れることで、仲間意識を強め、同時にチームの縄張り主張にも利用されていた。

しかし、近年ではファッション性を重視する若者カルチャーの変遷《へんせん》により、いわゆるカラーギャングと呼ばれる集団は過去の遺物として消えていった。

スカイラーズを壊滅させた新進気鋭のグラフィティライターは、これからの不良グループの在《あ》り方《かた》を示すように、タギングを宣戦布告の道具として利用した。相手の縄張りに自らのタグを張り付ける行為はまさしく、陣取りゲームそのもの。

再三の警告となるが、グラフィティは許可なく行うと器物損壊等の罪に問われる行為であり、筆者は決してこの行為を美化する立場にない。しかしながら、今後、不良たちの抗争の在り方を変えるであろう、この名もなきグラフィティライターは街で最も注目される人物になると言えるだろう。

彼の属するチームとは果たしてどこなのか、今後も引き続きこのグラフィティライターを追っていきたいと思う。


（一〇月一〇日　記者Tによる寄稿）


ぼくは開いた口が塞がらなかった。

新しい不良の在り方？

スカイラーズの壊滅？

新進気鋭のグラフィティライター？

なにそれ美味しいの？　って言ってる場合じゃない。

意味わかんないよ、ホント、意味わかんない。

焦るぼくの手からスマホを奪い取ると、御堂はため息を吐《つ》いた。

「わかっただろう？　お前はいまや一躍有名人だ。なんのつもりでスカイラーズの縄張りにタギングなんてしたのか知らないが、グラフィティライターとしては成功みたいだな」

ぼくは大慌てで首を横に振った。

「あの、ぼくそんなんじゃありません」

「は？」

「だから、グラフィティライターなんかじゃないんです、一般人です。そもそもグラフィティとかタギングとか聞いたこともありませんけど」

「嘘つけ！　スプレーインクで壁に落書きって、思い切りライターの手口じゃねえかよ。いまさら誤魔化《ごまか》そうったって通じねえぞ！」

「本当ですよ」

「じゃあなんでスプレーインクなんて持ってたんだよ」

「あれはプラモデル用の塗料《とりょう》です」

「は、はあ？　じゃあなんであんな夜中遅くに一般人が出歩いてたんだよ」

「深夜アニメ見てたんです。『ドドメキ』っていうラノベ原作のやつ。作者はコウヅキユキ先生っていって、前作の『ハチコマ～八月末まで困ったちゃん～』と世界観を同一にするファン心をくすぐる仕様で」

「んなこと聞いてねえよ！　熱く語んなよ！　それどころじゃねえんだよっ！」

肩で息をしながらご丁寧にも三段階のツッコミを入れてくる御堂。その目は尋常《じんじょう》でないくらい血走っていた。

不良ってホント怖い。

「だったらお前、そもそもなんで壁に落書きなんてしてたんだよ！」

「いや、その、さっき言ったドドメキってアニメで主人公が異世界にワープするんですけど、その扉が出現する場所がこのガード下にすごい似てまして、ファンとしては居てもたってもいられなくなりアニメの放送終了と同時に家を飛び出し、気が付いたらアニメと同じ魔法陣を壁に描いていた次第です、はい」

「一息で説明してくれてありがとよ！　でも全然意味わからねえよ！　納得出来ねえよっ！」

やっぱり怖い、この人。

「おい待て。整理するぞ」

こめかみあたりを押さえながら、御堂は言った。

「お前はグラフィティライターじゃなく、不良ですらないと？」

「はい」

「それどころか、まったく正反対のオタクだと？」

「いや、そんな言うほどオタクって訳でも」

「ここで照れんじゃねえよ！　今さら誤魔化せるか！」

やっぱり駄目か。

はあー、と深いため息を吐いた御堂は、心底困った様子を見せた。

だが、そんなに大変な事態だという実感が持てず、ぼくは首を捻《ひね》りながら言った。

「そんな悩むことないじゃないですか。実際ぼくはオタクで、御堂さんが居た不良グループを潰したのもアカサビさんだった。このウェブサイトに書いてあることは全部デタラメですよ」

「そんなこと言われなくたってわかってんだよ。でもな、ストリートジャーナルって雑誌はとにかく若年層に強い影響力を持っているんだ。特にウェブ版はスマホの普及で若い世代に爆発的な支持を集めていて、信者がいっぱい居る。そこで書かれた内容は、だいたいの若者が真実として受け入れちまう」

なにそれ、まるで情報操作のようだとぼくは思った。

若い世代は自らの経験則で物事を測れないため、雑誌やネットなどの情報ツールをそのまま信じてしまう傾向が強いと聞いたことがある。

特に今回、ストリートジャーナルで語られている内容の大筋の部分が事実であることが厄介なのだ。

ぼくが壁に絵を描いていたのは事実だし、それが原因でスカイラーズが壊滅の憂《う》き目《め》を見たのも事実。ただ、問題なのはその間に発生した多くの要因が抜け落ちているということ。それによって、ウェブサイトに書かれている内容が真実から大きくかけ離れているにもかかわらず、結果だけは一緒だという事態に陥っているのだ。

「とにかく、いまはこの状況を乗り切る方法を考えねえと」

なにやら話を進めようとしている御堂だったが、ぼくにはまだ状況がいまいち呑《の》み込めてなかった。

「なにをそんなに焦っているんですか？」

「ああ？　この記事見たらわかんだろ。スカイラーズってのは関東でも大規模組織である千葉連合に属していたチームだ。そこが潰された上に、相手が今後、街を代表する存在になるみたいな書き方されちゃあ、千葉連の幹部連中が黙っている訳ない。スカイラーズを売った俺は殺されるかもしれないな、マジで」

「あらら、大変なことになってるんですね」

「なに他人事《ひとごと》みたいな面してやがんだ。テメエも立場は一緒だろ」

へ？　と思わず呆けた顔を見せたぼくに、御堂は苛立たしげに渋面《じゅうめん》をつくり、言った。

「言っただろう。お前を探していたって。千葉連が懸賞金《けんしょうきん》をかけているんだよ。スカイラーズを潰したグラフィティライターに」

「え、それって……」

「ああ。俺たちは県内最大勢力の千葉連合に目をつけられちまった訳だ」

あまりのことに言葉を失うぼくに対して、御堂はたたみかけるように言う。

「俺とお前は一蓮托生《いちれんたくしょう》ってことだ」

3

電話が鳴った。

相手は廣瀬だった。

ぼくが電話に出るなり、廣瀬のかなり真面目な口調が耳に入ってくる。

「マクベス？　良かった。大丈夫だったか」

どうやら廣瀬と中西は、さっきガード下で別れてからぼくのことを心配してくれていたようだ。

二人を安心させるためにも、ぼくは電話に向かって、明るい調子で言った。

「大丈夫だよ。さっきの人は知り合いだから」

「そっか。てっきりヤンキーになんか弱みでも握られて、厄介事にでも巻き込まれてるのかと思ったよ」

鋭い。ぼくは悟られないよう気を付けながら口を開く。

「まさか、そんなことある訳ないじゃん。ぼくがビビリなの知ってるでしょ？　ヤンキーになんて近づこうとも思わないさ」

「だよな。お互い不良とは無縁の人生送っているし、心配いらないよな」

「わかってくれたなら良かった。それでごめん、まだ用事が済んでないからそろそろ電話切らないと。わざわざありがとね」

そうしてぼくは電話を切った。

心配してくれた友達に嘘を吐《つ》く罪悪感に耐えられなかったのと、そろそろ着くぞ、という御堂の言葉に促された結果だった。

ぼくは制服の上着を脱ぎ、持ってきていたパーカーを上から羽織《はお》る。今日は週末ということで、廣瀬たちと寄り道することを考えて着替えを用意していたのだが、こんな形で役に立つとは思いもしなかった。

「そろそろ着くぞ。お前、いい加減キョドってんじゃねえよ。目が泳ぎまくってんぞ」

仕方ないだろう、これは生まれつきなんだから。

そうしてやって来た場所は、使われなくなって廃墟《はいきょ》と化したホテル。人通りもなく、地元民の間では不良たちのたまり場として有名で、ぼくなんか絶対に近づこうとは思わない場所だ。それが、なんの因果か、いまその場所に立っている。

「おう御堂！　落とし前つけに来たのか。殊勝《しゅしょう》じゃねえかよ、ああ？　ぶっ殺される覚悟は出来てんだろうな！」

ぼくらを取り囲むようにして何十人もの不良たちが罵声《ばせい》を飛ばしていた。不良たちを見るとケガを負っている連中もいて、彼らがスカイラーズの残党であることがうかがえた。御堂への罵声が飛んでいるのはそのためだろう。

ぼくは上着のフードを深くかぶり、御堂から渡されたバンダナで口元を覆い素顔を隠している。千葉連の集会に乗り込むと言ったくせに、気遣《きづか》いとして用意していた品がバンダナだけっていうのはおかしいと思う。

全方位から飛んでくる罵声の数々。やがてそれも落ち着いてくると、ようやく集団の中から動きが見られた。

罵詈雑言《ばりぞうごん》の飛び交う中で、比較的落ち着いた雰囲気の男が現れる。御堂がさりげなく耳打ちしてきた。

「あれが千葉連幹部の一人。チーム〝マサムネ〟のリーダー、鍛島多喜親《かじまたきちか》だ」

鍛島という男を言葉で表現するなら、異様なまでに強者然としたオーラをたたえた屈強《くっきょう》な体躯の持ち主。端的に言うとデブだ。頭の両サイドを刈り上げ、そこに剃《そ》り込《こ》みが入っている姿は、ぼくのチキンハートを激しく動揺させた。見るからに怖く、そして屈強なその男からは、まさに名は体《たい》

を表すというように鍛え抜かれた刀のような鋭い印象を受けた。

あまりにも迫力があり過ぎて気圧《けお》されていると、鍛島の側近らしい男が威嚇《いかく》するように言ってきた。

「お前ら、鍛島君を目の前にして挨拶《あいさつ》なしか！」

「まあまあいいじゃねえの」

「でも鍛島君」

「客人は歓迎してやらねえといけねえよ」

その含みのある言い方は、額面通り受け取るには無理があった。

鍛島は、融通無碍《ゆうずうむげ》な態度でぼくのことを指さすと口を開く。

「そこの覆面《ふくめん》の兄ちゃんが噂のグラフィティライターか？　ストリートジャーナル読んだぜ。本当に覆面ライターなんだな」

「おいテメエ、鍛島君の前でなに面《つら》隠してやがんだ！　失礼だろうが、さっさと取らんかいタコ！」

「あーあー、いいよ別に。カッコいいじゃないのそういうの。謎は謎のままの方が面白いこともあるって」

「そうですか？　鍛島君がそう言うなら」

そう言った側近の男は、くるっと身を翻《ひるがえ》すと、ぼくを睨み付けた。

「テメエ、鍛島君に感謝しろ！」

「ところで御堂よ」

鍛島は気をとり直すようにそう言うと、ぼくの脇を通り過ぎ、その太い腕を振り上げ、思い切り御堂の顔面を殴り付けた。

勢いよく倒れこむ御堂。

あまりに急な出来事に、御堂はおろかぼくも身動きひとつ取れなかった。

鍛島は、殴りつけた手を二回振ると、言った。

「テメエはそこの、えっと、なんつったか」

「スカイラーズですか？」

側近がすぐに答える。

「そう。そのスカイラーズを裏切ったらしいじゃねえか。そりゃよくねえな。自分の所属するチームは大切にしろや。だいたい、あんななんの役にも立たないような弱小チームでも、一応は千葉連の加盟チームだ。そこを売り渡したってことは、つまり千葉連を、ひいてはこの俺を敵に回したのと同じことだ」

わかるよな？　というドスの利《き》いた鍛島の声がぼくの気持ちをさらに萎縮《いしゅく》させた。御堂は地面にへたり込んだまま、立ち上がらない。

そんな御堂から目を逸らすと、鍛島はぼくの方を見た。

もう駄目だ。怖い。やっぱり来るべきではなかったと心底思った。

御堂が一蓮托生だとか、ぼくが行かないと殺されるだとか言うから仕方なくやってきたが、これではぼくがいたところで結果は変わらないだろう。死体の数が一つ増えるだけだ。

「しかしあんた、大した男だな。こうして俺が御堂を殴り飛ばしても声ひとつあげやしない」

違う。あまりの恐怖で声も出ないだけだ。

「それに、さっきから微動《びどう》だにしない」

違う。腰が引けて動けないのだ。

「さすが、チームを一つ潰すだけの力はあるみたいだな」

違う。やったのはぼくじゃない、アカサビさんだ。

だが、状況が状況だけに下手なことは言えない。いまのぼくには、相手の出方をうかがうこと以外に取りうる手段がなく、鍛島の言葉を待ってしまったのは仕方のないことだった。

「そこで、あんたを男と見込んで頼みてえことがあるんだが、やってくれるな」

ぼくが答えずにいると、側近が「シカトこいてんじゃねえぞ！」と喚く。

鍛島も眼光鋭く、「まさか断ったりしねえよな?」と威圧的な目を向けてくる。

「俺らマサムネは別に構わねえんだ、こんなちんけなチームのことはどうだってよぉ。ただ、他の幹部連中とそのチームが黙っているかな。あんたと御堂がやったことは千葉連全体をバカにする行為なんだわ」

千葉連三〇〇人以上。御堂から聞いていたその数が、今後ぼくらを狙って襲ってくることになる。

考えただけでゾッとした。

鍛島はそんな心情をぼくの瞳から読み取ったのか、嫌らしく笑って言った。

「まあ、そっちの出方次第では俺から他の幹部連中に口添えしてやってもいいんだぜ。なんたって俺も幹部の一人なんだからな」

恐怖と混乱で答えられずにいると、先ほど殴り飛ばされて倒れていた御堂が、ゆっくりと立ち上がり言い放った。

「やります」

と。

「よし、そうこなくっちゃな」

鍛島は含みを込めた笑みを浮かべていた。

これは誘導尋問《ゆうどうじんもん》、というか脅迫《きょうはく》に近いものではないだろうか。

これだけ多くの不良に囲まれては、断りたくても断れまい。

だから、鍛島の策にはまってしまうこと自体は仕方ないのだが、ぼくは一つ、肝心なことが気になっていた。

いったい、ぼくらはなにをやらされるのか、ということだ。

鍛島は、言質《げんち》を取るとぼくらを解放した。

そう、ぼくと御堂を、だ。

「生きて帰れるとは思わなかった」という御堂の言葉通り、さっきの集会に集まっていた元スカイラーズのメンバーは御堂を見逃すつもりなどなかったようだ。

だから、鍛島がぼくたちを解放しようとした際、集団の中から不満が飛んだ。

しかし、それをひと睨みで黙らせてしまうあたり、鍛島という男の恐ろしさがうかがえた。

さすが、千葉連幹部の肩書きは伊達《だて》じゃない。

集団から離れ、安堵から饒舌《じょうぜつ》になったのか御堂は言った。

スカイラーズはアカサビによって壊滅させられた後、その残党は同じ千葉連の、しかも幹部を務めるほどの大物である鍛島のチーム、マサムネに吸収されることとなったらしい。

つまり、鍛島のゴーサインが出ない限り、スカイラーズの残党から安易にぼくや御堂に報復の手が伸びることはなくなったという訳だ。

これでひと安心、と言えたら良かったのだが、この身の安全はあくまで括弧《かっこ》つきなのである。

（鍛島の機嫌さえ損なわなければ）安全。

つまりぼくらの命運は、あの鍛島という男に完全に握られたことになる。

「ねえ御堂」

「ああ？　テメエ、キモオタの分際でなに俺のこと気安く呼び捨てにしてやがんだこら！」

こわっ、やっぱり凄まれるとビクついちゃう根っからのビビリ気質が我ながら嫌になる。

だがこの状況で怯《ひる》んでしまうのはどう考えてもマイナスだ。

ぼくは奮起して立ち向かった。

「君に対して弁《わきま》える分なんてないよ。だって御堂が言ったんじゃないか。ぼくたちは一蓮托生だって」

だから引き下がる訳にはいかない。御堂との関係が今日かぎりだと言うなら別にナメられていようが関係ないが、どうやらそうも言っていられないらしい。今後のためにも、立場は明確にしておかないといけない。

「そろそろ話してくれてもいいんじゃない？　あの鍛島って男がぼくたちを解放した理由」

さっきの集会所での鍛島の言葉を借りるなら頼みごと。お願いがあるのだと言っていた。それがぼくらを見逃す条件であるのは明白だったため、内容も聞かないまま御堂は二つ返事で引き受けることにしたのだ。

別れ際、御堂は鍛島から呼び出され、一言二言話していた。恐らくはその頼みごとの内容について説明されたのだろう。

御堂は困ったように顔をしかめ、言葉に詰まった。

止《よ》してくれよ。まさかそんな無理難題をふっかけられたのか？　期日内に金を用意しろ、とかだったら素直に警察に相談するしかない。そうなったら、今度こそ本当に千葉連がぼくらを狙ってきて、普通に街を歩くことも出来なくなるかもしれないけれど。

今後のことを考えると気が重いが、諦めるしかない。

そう思い、さっき素顔を隠すために借りたバンダナを御堂に返そうとすると、「ふざけんな」と突き返される。

はい、これ素直に傷つきました。

小学生時代、マクベ菌《きん》とかいうお腹あたりに悪そうなバイキン扱いでタッチ遊びをされた古傷がぱっくり開いてしまった。

「……どうせ、どうせぼくなんて雑菌《ざっきん》扱いさ」

「なに急に落ち込んでんだよお前、鬱陶《うっとう》しいヤツだな」

「いいんだいいんだ、どうせぼくの使ったバンダナなんてバッチイって思われてるんだ。アルコール洗浄しても死なないマクベ菌は焼却処分してガイアから滅却《めっきゃく》しろって、そう言いたいんだね？」

「話が壮大過ぎてなに言ってっかイミフだけど、これだけは言える」

そう言って、バンダナを握るぼくの手を胸元に突き返した御堂は、まっすぐにこちらの目を見据えた。

「バンダナは捨てんな。また必要になるかもしれねえ」

やけに真剣な態度と口調。どうやらふざけている訳でも、茶化《ちゃか》している訳でもないようだ。

息をのむぼくを尻目に、御堂は疑問の答えを口にする。

「お前にはまたグラフィティを描いてもらうことになる」

4

「おとこわりだよ！」

「男割り？　男だけ割引とかなんだその時代錯誤《さくご》な男尊女卑《だんそんじょひ》、そんなのねーよ」

あっ、間違えた。

「お断りだよ！　あ、ちなみに世の中ってレディースデイとかって逆に女性への割引多いからね。女尊男卑《じょそんだんひ》横行してるからね！」

おっと、話が逸《そ》れてしまった。戻そう。

「だいたい、事の発端《ほったん》はぼくが壁に落書きなんてしたからじゃないか。それなのにどうしてまたそんな真似しないといけないんだ！」

「仕方ねえよ。それが鍛島さんからの条件だったんだから」

「なんて？」

「だから、鍛島さんはお前にグラフィティを描いてもらいたいんだそうだ」

「どうしてぼくなんだよ」

「何度も説明したぜ。ストリートジャーナル。若者のバイブル的コンテンツでお前が不良界の今後を担う新星みたいに取り上げられちまったんだ、仕方ねえだろうが。つーか、俺らからしたらストリートジャーナルに取り上げられるとか夢みたいな話なんだけど」

「だから、そんなのぼくは望んでないんだって。顔だって誰にもバレてないんだし、なんだったら譲るよ」

言ってて思った。

「そうだよ。顔バレしてないんだし、御堂がやればいいんじゃないのそれ名案っ⁉」

「自慢じゃないが俺は絵心ないぞ」

オー。

「それに、さっき鍛島さんをはじめマサムネの連中の前で俺がバンダナで顔を隠したお前と一緒にいたの見られたじゃねえかよ。いまさら俺が覆面ライターですって無理があるだろ」

オーノー。

それならば、これはどうだろう。

「代役を立てるのはどう。知り合いの不良でグラフィティだっけ？　それ出来る人いないの？」

「いない」

速答かよ。

「チームを売り渡したって噂が広まって、連絡の取れる不良仲間が一人もいなくなった」

さらに御堂は、虚《うつ》ろな目でボッチになったことを告白した。

なんか、ごめん。

「だ、だけどヤダよぼくだって。だって犯罪なんでしょグラフィティって」

「もうすでにやってんじゃん」

「あれは深夜でテンション上がってたのと、そもそも犯罪なんて思わなかったんだよ！」

「じゃあどうする？　諦めて鍛島さんの部下からボコられっか？」

それも嫌だな。

なんとか逃げおおせることは出来ないだろうかと考えていると、ふとある重大な事実に気付いた。

「ぼく、顔見られてないじゃん」

そうなのだ。

つまり、ぼくがグラフィティを描かなかったとしても千葉連の連中は探しに来ない。正確には探しようがないのだ。ぼくの素顔はおろか、名前など個人情報にあたるものはなに一つ明かされていないのだから。

「言っておくが、素顔と名前は俺が覚えたぞ。逃げたら千葉連にお前のこと売ってやる」

存外にクズだなこの人。

「ふはは、俺はすでに『このチームで天下取りましょう！』って夜通し熱く語り合ったチームの仲間を自分の身可愛さで売ったんだぞ。お前を売ったところで少しも心が痛まねえよ！」

生粋《きっすい》のクズだなこの人。

「はあ」

ため息を吐くぼく。

仕方ない。選択肢はそもそもなさそうだ。

「やるしかないのはわかったけど、道具とか持ってないからね。この間は部屋にプラモ塗装用のスプレーインクがあったけど、あれ使い切っちゃったし、壁に描くってことは結構な量のスプレーインクが必要になる。どこで売っているのかも知らないし、値段だって想像もつかないよ。それにこれが一番大きいんだけど、壁にスプレーで絵を描くのって慣れてないんだよ」

実際にやってみて初めてわかったことだが、学校の美術ではとても学べない技術が、グラフィティには要求される。

美術部に所属しているとはいえ、一般人に毛の生えた程度のぼくでは鍛島が満足するレベルのものを仕上げられるとはとても思えない。

「そのことなら考えてある。両方を同時に解決する方法だ」

やけに自信満々な様子の御堂は、ついてこいと言って歩き出した。

ぼくは慌てて後を追いながら、「どこに行くのさ?」と問う。

御堂はさっきまでとうってかわって、イキイキとした目になり、答えた。

「伝説的人物の所だ」

5

「着いたぞ」

御堂に連れられてやってきたのは、先ほどぼくらが再会したガード下から程近い、駅の商圏だった。

通称アーティスト通りと呼ばれる、バンドの路上ライブや怪しげなアクセサリーを売る露天商などがひしめく狭い道。そこを越え、アンダーグラウンドな商品を取り扱う店舗が立ち並ぶ中に、目的の店はあった。

《Master《マスター》 Peace《ピース》》

黒を基調にした小さな佇まいの店の中に入ると、あまり聞き慣れないヒップホップが大音量で流れていて、思わず萎縮《いしゅく》してしまう。

「なにしてんだ、早くこいよ」

御堂に促される形で店の奥へと進むと、店内にはB系ファッションやアクセサリー、DJが使うような大型の音楽機器などが並んでいた。雑多な品揃えの店内を進むと、その先に色とりどり、数多くの種類のスプレー缶が陳列されているのを発見する。これらはいったいなにに使うものなのだろうか。

「らっしゃい」

そう言いながら店の奥からゆらりと現れた店員は、くわえタバコ、細身な体にタイトなジーンズとレザーの上着をまとわせ、見るからに気だるそうなヤル気が感じられない接客で応対した。まったく教育がなってないなこの店。店主の顔が見てみたいものだ。

御堂はその女性を見ると言った。

「こんちゃっす、オーナー」

駄目だこの店、根本的に腐《くさ》ってやがる。

「あーあ。なんだ、客かと思って挨拶しちゃったじゃない」

そう言いながら紫煙《しえん》を吐き出す姿が彼女にあまりにも似合っていて、ぼくは不覚にも見とれてしまう。美人はなにをしても、それだけで様《さま》になってしまうから困りものだ。

「で、なんの用よ御堂。あんた噂になってるよ。いま、街を堂々と歩ける立場にないんでしょう？この店だって不良の客はいるんだからね。店の中に争い事持ち込んだら潰すよ」

美人だけど過激だ、この人。

「わかってますって。つーか俺だって喧嘩はごめんっすから、いまの状況をなんとかしたくて、オーナーに相談に来た訳っす」

ぼくは小さな声で御堂に聞いた。

「この人もアカサビさんみたいに強いの？」

御堂にだけ聞こえるように言ったつもりが、彼女にも聞こえていたらしい。眉間にシワを寄せ、ぼくを見定めるようにジロジロ見てきたかと思うと、口いっぱいに溜まった煙を吐き出した。

「あんな喧嘩屋のガキと一緒にしないで。あれは化け物だから。つか、あたしは不良ですらないし」

すると、御堂はくつくつと笑う。

「よく言いますね。昔はかなり荒れてたって話、聞いてますよ」

「うっさい、若気《わかげ》の至りだっつの」

タバコの火を消したかと思うと、女性は再び新しいタバコに火をつけ、そのタバコの先でぼくを指し示す。

「つーか、あんた誰？　御堂の不良仲間……には見えないわね」

「やめてくださいよ、こんなオタクと仲間だと思われるとか屈辱《くつじょく》っす」

こっちのセリフだ、似非《えせ》ヤンキー。

女性は紫煙を吐きつつ言った。

「じゃあなんなのよこのオタク君は？」

言葉に気を付けて欲しいものだ。コミュ症のぼくにとって、面と向かって初対面の女性にオタクの烙印《らくいん》を押されるのは、正直言ってこたえる。

だがまあ事実ではあるため否定も出来ず、どう答えるべきか迷っていると、御堂が代わりに答えた。

「ストリートジャーナル。オーナーなら当然知ってますよね。そのウェブ版で最近更新された記事、見ました？」

「新進気鋭のライターが、スカイラーズとかいう変な名前の不良グループを潰したって記事でしょう。それがどうかした？」

御堂は自らを指差す。

「俺、元スカイラーズ」

そして今度はぼくを指差す。

「こいつ、新進気鋭のライター」

そんな御堂の言葉を耳にした彼女は、目を数回瞬《しばた》かせる。

「はあ⁉」

そして少し遅れてそんな風に声を荒らげた。

それから、御堂は現状を簡潔に説明した。

聞いている間女性は呆然としており、話が終わるとひとしきり唸りながら考えをまとめているようだった。

やがて頭の中を整理し終えたのか、彼女は口を開く。

「つまり、そこのオタク君はアニメの真似事で壁に落書きをしてたら、そこがスカイラーズの縄張りで、追い回されていたところに偶然出くわしたアカサビによって助けられた。御堂は生き延びるためにチームを裏切って、結果二人は上部組織である千葉連の怒りを買ったと、そういう訳ね？」

おお、理解が早い。

御堂も頷くと、「端的に言うとそうっす」と答えた。

「どこから情報が流れたのかわかんねーっすけど、スカイラーズが潰された件がストリートジャーナルで取り上げられたんすよ。まあ、あのチームもアカサビに潰されるまではここら界隈ではかなり勢力を伸ばしてたから、噂が広まるのは時間の問題でした。ただ、記事ではそこの間久辺ってオタク野郎が謎のグラフィティライターとして取り上げられ、どういう訳か不良界の新星みたいに扱われちまった」

「なんとなく話が見えてきたわ。要するに、千葉連はそこのオタク君、もとい覆面ライターにあやかりたい訳ね。ストリートジャーナルは若い世代にかなり影響力があるから、そこに取り上げられたネームバリューはなんとしても確保しておきたい。それを条件にスカイラーズの件のゴタゴタには目をつむってやると、そういう話なんでしょう？」

「だいたいそうっすね。正確には、千葉連の幹部から出された条件は覆面ライターが再びグラフィティを描くこと。もっと具体的に言うなら、マサムネというチームをネタにして描くことが条件っす」

そこまで具体的な条件はぼくも初めて聞いた。

つまりあの鍛島という男は、ストリートジャーナルとかいうサイトを利用して自分のチームを有名にしようとしている訳だ。

それに利用されようとしているのが、ぼくらなのである。

百歩譲って、スカイラーズの連中がぼくに恨みを持つのはわかるが、鍛島さん有するマサムネにはなんの不利益も与えてはいない。それどころか、潰されたスカイラーズを吸収したことでマサムネの規模は以前よりも大きくなり、今回の一件では損するどころか得したくらいなはずだ。

それでも飽きたらず、鍛島さんはぼくや御堂を利用しようと考えている。

正直言って納得いかなかったが、相手はかなり性質《たち》の悪い不良。素直に従うしかないのだ。

女性はタバコの火を消すと、今度は新しいものに火はつけなかった。

「なるほどね。ようやく全部理解出来たわ。あんたたちがここにやって来た理由」

「察しが良くて助かります」

「別にまだ引き受けてないわよ」

「そこをなんとかお願いしますよ。今回の条件、そもそも前提としてこの男が描く絵が、前回同様ストリートジャーナルに取り上げられなければ意味ない訳じゃないっすか。前回はスカイラーズを潰したっていう尾ヒレがくっついていたからネタにもされましたけど、なにも話題がなければ難しいでしょう。よほど、注目されるような絵でなければね」

御堂はどこか含みのある言い方で女性に迫った。

ぼくはいい加減、彼女が何者なのか気になってしまい、二人の会話に割って入った。

「そもそも御堂、この人は何者なの？」

「あ？　ああ、まだ説明してなかったっけな。彼女は与儀映子《よぎえいこ》。ここ、『Ｍａｓｔｅｒ　Ｐｅａｃｅ』のオーナーだ」

与儀という名の女性は、不敵に笑うとこう言った。

「『Ｍａｓｔｅｒ　Ｐｅａｃｅ』のオーナー与儀映子a.k.a《エーケーエー》《ＣＡＧＡ丸》」

『a.k.a』っていうのは、『またの名を』って意味らしい。じゃあ初めからそう言えばいいじゃないかっていう文句は、一応呑み込む。それよりも、気になることがあったからだ。

「カガマル？」

ぼくは首をひねり、言った。

「それって力士の……」

「おい間久辺、あんまり失礼なこと言うな！」

「そ、そうだよね。女性に対して力士は失礼だよね。ごめんなさい。ああ、それじゃあ相撲《すもう》好き？」

「バカ野郎！　どこをどう見たらあんな半裸のデブどもが絡み合う姿を喜んで見るような変態に見

えるんだよ。彼女に謝れ！」

お前こそ日本の国技に謝れ。

「ねえ与儀さん？」

御堂がくるりと回り、同意を求めるように与儀さんを見た。

「ん？　あ、ああう、うん、ホ、ホントそう。誰が石川県南西部加賀《かが》地方出身の幕内力士だっつの」

詳しすぎるダウトだこれ。

「そうだぞテメエ。美人、漢方、玉転がしが好きなのは昭和時代にガキだったいまの中年どもだけだ」

それだと時代を問わずおっさんたちが好きそうだ。

ほら見ろ、与儀さんが呆れたようにため息吐いてる。

「もうバカね。巨人、大鵬《たいほう》、卵焼きでしょ？　ち、ちなみに大鵬が連勝記録を伸ばしていたときに起きた世紀の大誤審に際して、彼は横綱として誤審を招くような相撲をとった自分がいけないと、誤審した行司《ぎょうじ》を責めなかったのよ。その姿勢には胸が熱くなったわ」

この人何歳だよ。

ぼくはたまらず言った。

「まるで見ていたかのような物言いですね」

「物言いってまさか、相撲だけに？」

うわ、どや顔ウザい。

与儀さんのキャラ、初対面にしてだいぶ崩壊してるけど、この人の立ち位置的に大丈夫なのだろうか。

ああ、しかもクソッ、この人のキャラ設定にかまけるあまり、『どんだけ相撲好きだよ』という王道の突っ込みが蔑《ないがし》ろになってしまった。

もういいや、あまり気は進まないが話を先に進めよう。

「ＣＡＧＡ丸って、確かストリートジャーナルに書かれていたプロのグラフィティライターの名前ですよね」

「テメエ、気付いてたならさっさと言えよ！」

だって話を進めたら、面倒事に巻き込まれるの確定じゃないか。

「まあいいや、知ってるなら手っ取り早い。彼女はストリートジャーナルでも度々《たびたび》取り上げられたことのあるプロのライター。そんな彼女から技術的な指導を受ければ間違いないだろう」

ほら、やっぱり面倒なことになりそうだ。

「与儀さんがそんなに凄い人なら、ぼくなんかにやらせないで彼女自身にやってもらえばいいじゃないですか」

「テメエはさっきから自分だけ顔が見られてねえとかなんとか理由つけて逃げようとしてばっか

じゃねえか、卑怯《ひきょう》だぞ！」

「自分の所属するチームを売るような人間に言われたくない！」

「いや、喧嘩すんなし、面倒くさいわね」

ぼくらの言い争いを呆れた顔で見ていた与儀さんは、続け様《ざま》にこう言った。

「そもそも、引き受けるなんて一言も言ってないでしょう」

「『やってくれないの⁉』」

「いやハモんな。つーかどうしてあたしがあんたらの尻拭《しりぬぐ》いしてやらないといけないのよ」

「俺との仲じゃないっすか！」

「いや御堂とかあたしん中でうるさいナンパ客でしかないから」

へへーん、ふられてやんの。

ぼくはサッと前髪をかき上げ、言った。

「やっぱり与儀さんはぼくとの仲を選んでくれるんですね」

「あんた初対面でよくそんな図々しいこと言えんね。てか名前なんだっけ」

ヒドイ。

「まあ真面目な話すると、あたしが代役としてグラフィティを打つことは――」

「ほらな、やってくれるって。わかっただろ間久辺。俺の魅力でオーナーメロメロ腰砕け状態。ヤバイわー、男前な自分コワイわー」

「冗談は顔だけにしな御堂。真面目な話するっつってんだ少し黙れ」

しゅんとする御堂を尻目に、与儀さんは続けた。

「プロのライターは無許可《イリーガル》な壁にグラフィティは打たない。あんたらにライティングさせようとしてるヤツは不良なんでしょ？　だったら当然、私有地なんかに許可を得てグラフィティを打とうなんていうお利口な真似は考えてないわよね。だからあたしには無理なのよ。プロになると決めたときに胸に誓ったあたしのポリシーなの。もう、昔みたいにヤンチャしてサツに追い回されてていいほど若くもないしね」

「そんな、それじゃあぼくはどうなるんですか！」

「おい間久辺、与儀さんは元々関係ないんだ、逆恨みしてんじゃねえよ」

威圧感のある御堂の語気に気圧されながらも、ぼくは引き下がらなかった。

「ふ、ふざけんなよっ！　ぼくだって無関係だ。不良たちのいさかいに一般人のぼくがどうして巻き込まれなきゃならないんだ」

「本《もと》を正せば、テメエがスカイラーズの縄張りに落書きなんてするからこんなことになったんだろうが」

「縄張りなんて君たち不良が勝手に言ってることじゃないか！　公共の場所に落書きしたのが悪いっていうならその通りだけど、君たち不良連中に文句言われる筋合いなんてない。ましてや三〇〇人規模の不良組織に目をつけられるなんて納得出来る訳ないだろう」

「納得なんていらねえ。ただ理解しろ。お前がやらなきゃ、俺もお前もマジで千葉連にぶっ殺されることになるんだ。いまさら駄々《だだ》こねたって状況は好転しねえんだよ、いいかげん覚悟決めろや」

「生憎《あいにく》、ぼくは君みたいに能天気ではいられないんだよ。覚悟なんてそんなもの、いつまで経っても決まらない！」

「はっ、これだからオタクって人種は嫌なんだよ。ナニの小ささが気持ちまで小さくしてやがる」

「み、見たことないクセに適当言うな」

「見なくてもわかるんだよ、俺くらい色んな意味で大物になるとな」

「そっちこそ小者感が全身からにじみ出てるくせに。どうせ、不良なんてツッパるためにやってるんじゃなくてモテたくてやってるだけなんだろう？」

「ああ？　テメエいい度胸だ、相手になってやるよ！」

御堂はぼくの胸ぐらに掴みかかってきたが、こっちも頭に血がのぼっていて一歩も引く気にはならなかった。

睨み合うぼくと御堂。

すると、思わぬところから出た手が、ぼくたちの頭を叩いた。

与儀さんは深いため息を吐くと、口を開く。

「喧嘩なら表でどうぞ」

その一言で冷静さを取り戻すぼくら。

わかっているのだ。御堂と言い争いをしたところで、どうにもならないということくらい。それでも、感情的にでもならなければ、恐怖でいっぱいのこの状況を乗り切れる気がしなかった。

「はあ」と再びため息を吐いた与儀さんは、「しょうがないわね」と言って店の奥に向かった。

カウンターの中に入る間際、「ちょっと待ちなさいね」と言われ、ぼくらは同時に彼女の方を見た。

「代役は無理だけど、技術的なアドバイスならしてあげる。本来、弟子は取らない主義なんだからね。感謝しなさいよ」

本気か冗談かわからない淡々とした口調で彼女は言った。

だが、その言葉はやけに自信に溢《あふ》れていて、いまのぼくにとってはとても心強く感じられた。


数分後、準備が出来たと通された先は、彼女いわくアトリエだそうだが、ぼくにはアニメの悪役が根城にする寂れたラボに見えた。

「ここがオーナーの部屋、ごくっ」

生唾《なまつば》呑んだ、なんかキモい。

ドン引きしているぼくの視線に気付いたのか、御堂は繕《つくろ》うように言い訳してくる。

「勘違いすんな。CAGA丸のアトリエに入れるとか、普通だったらありえねえことなんだ。それに興奮しているだけなんだからな」

言葉を重ねれば重ねるほど嘘くさく聞こえてくるのはなぜだろう。まあ、敢《あ》えて追及すまい。

「準備出来たわよ」

アトリエの奥の方から現れた与儀さんは、ビニール製の上着を着用し、防護マスクを着用した仰々《ぎょうぎょう》しい出で立ちでそこに立っていた。研究でも始めるんですか、博士。

彼女の指示で、ぼくらは部屋に横倒しにされていた大きなベニヤ板を壁に立て掛ける。ほぼ正方形の板は、男子高校生の平均的な身長のぼくとそう変わらない高さをしていたので、どれだけ大きいかは理解出来るだろう。

与儀さんは、その巨大なベニヤ板にむかってスプレーを吹き付けていく。

「まずは説明するより見るのが一番」

そう言っている間にみるみる描き上がっていく線は、やがて黒一色で描き出された文字へと姿を変える。

【CAGA丸】の文字があっという間にベニヤ板に描き出された。

「まずは〝タギング〟。自らを主張するためのサインのようなもので、ごく短時間で描くことが出来る作品。グラフィティという大きなカテゴリーの中でも、もっともポピュラーなジャンルの一つと言えるわね」

説明の傍《かたわ》ら、続けて描かれたのはやはり同じ黒一色のCAGA丸の文字。だが、今度のはかなりアレンジが利いていて、前のタギングを見ていなければ読めないような文字だった。

「これがワイルドスタイルと呼ばれるもの。まずは、本人以外にはなかなか読めないようなアレンジを利かせること。そして、タグを目立たせるための枠組みや線引きを〝ゼミ〟と呼び、こういった技術的な技巧で文字に立体感を持たせたり独自のアレンジをしたものを〝バーナー〟と言うの」

そう言いながら完成したタグは、街中でもときどき目にするオーソドックスなグラフィティだった。ぼくのイメージするスプレーアートは、まさにこれだ。

続いて取り出したのは、なにやら型を切り抜かれた板状のもの。それをベニヤ板に重ねてから、上からスプレーを吹き付ける。

「次は〝キャラクター〟。人物などを対象に描いたグラフィティをそう呼称する。今回はあまり時間をかけないように、あらかじめ切り抜きしておいた板にスプレーを吹き付ける〝ステンシルアート〟という手法を使うわね」

振り返りぼくを真っ直ぐに見た与儀さんは、言った。

「グラフィティを大きくわけると、いま説明したタギングとキャラクター、そして間久辺君が描いたという紋章のような幾何学模様の〝ロゴ〟、あるいは〝イコン〟と呼ばれるものから成り立っている。もっと詳しく説明したいところだけど、そっちもあまり時間ないんでしょう？　後は実践あるのみね」

そう言われ、手渡されたのはスプレー缶とフェルトペン。

どうしたものかと困惑するぼくを、「さあさあほら」と促すようにベニヤ板の前まで引っ張ってくる与儀さん。最初は乗り気じゃなかったくせに、さては彼女、なんかスイッチ入って教える楽しさに目覚めたな。

ここまで来て引き下がる訳にもいかず、ぼくは気乗りしないままフェルトペンを握った。

まずは輪郭《りんかく》。髪型はボブ。気の強そうなつり目に、厚い唇。最後に明暗をつけ、それからスプレーで色を塗っていく。慎重にして繊細な作業が要求されるな。

「ふう」

額の汗を拭い、ぼくは仕上がった絵の出来映《できば》えを一歩下がって見た。うん、我ながら完璧だ。

「これ、なんだ？」

背後で御堂が言った。その声には驚いたような色さえ感じられる。

「これ？　アマプリの岬《みさき》部長に決まってるじゃん」

「そんなこと聞いてねえよ」

「え、じゃあなに、もっと詳しく話せってこと？　しょうがないなあ。アニメ、『尼崎《あまがさき》女王物語』。略してアマプリに登場するアイドルユニットの敏腕マネージャーだよ。まさか知らない訳ないよね？」

「なんで俺がそいつを知ってることにそんな自信を持ってるのか知らねえけど、生憎《あいにく》聞いたこともねえよ。そんなことより、この絵はなんだって聞いてんだよ」

これ以上なにを説明したらいいのだろう。聞かれたことには答えたつもりだったのだが、御堂は満足していないようだった。

やがて御堂は、言葉に窮《きゅう》するぼくを見て、苛立ったようにこう言った。

「だがら、俺はグラフィティを描けっつってんだよ！　誰がアニメのキャラクターなんて描けって言った？」

そんなこといきなり言われても困る。絵を描けと言われたから、取りあえず自分の描けるものを描いただけだ。ついさっき、初めて見せられたばかりのグラフィティの真似事なんて出来るはずがない。

「いや、大したもんだよ」

だが、ぼくの絵を後ろから見ていた与儀さんは感嘆していた。

「与儀さん？　ちょっと冗談やめてくださいよ。マジでこいつにはちゃんとしてもらわねえと、俺ら命が懸かってんすよ」

「ふざけてなんていないわよ。だってこの絵、普通に上手じゃない？　ベニヤ板はかなり表面が荒れてて、ペンが入りづらいの。これはコンクリート製の外壁も条件は一緒。しかも、自分に対して平行な位置にある壁になにかを描くという行為は、思っている以上に難しいものなのよ。ほら、学校なんかで黒板に文字を書こうとしても、上手く書けなかったりするじゃない。それと一緒。そういう条件の中でこれだけの絵が描けるなら立派よ」

なんか誉《ほ》められて照れくさい気分だ。

「いや、そりゃマンガとかそういう絵としてはよく出来てると思うけど、いまはそういう絵を求めてないいじゃないっすか」

「一概にそうとは言えないわよ」

そう言って、ぼくと入れ替わる形でベニヤ板の前に立った与儀さんは、先ほどと同じ動作で別の切り抜きを壁に押し当てて、スプレーを吹き付ける。

そうして現れた絵にフェルトペンで肉付けをしていくと、先ほどの黒一色のキャラクターとは異なり、人物像がデフォルメされていてアメコミの絵のタッチにどこか似ていた。

「キャラクターの中でも、コミカルなタッチの絵はカートゥーンと呼ばれる。こんな風に、マンガチックな絵もグラフィティの一ジャンルとして確立しているのよ」

「へー、そうなんだ。全然知らなかったです」

「じゃあ与儀さん。間久辺はやれるんすか？」

「そんなのわからないよ。ただまあ、条件はクリアしてると思う。思っていたよりも絵が描けるみたいだし、あとはストリートジャーナルに掲載されるだけの話題性があれば、あるいは」

二人してこっち見ないで、照れゆ。

まあ冗談はさておき、すごいプレッシャーだ。

「取りあえず、現時点で教えられることはこれくらい。あんまり詳しく教えても急には技術を物に出来ないだろうからね」

そう言いながら、ベニヤ板をバンバンと叩いてみせる与儀さん。

「あとは練習あるのみ。ここは好きに使っていいから、頑張りなさい」

6

時刻を確認すると、そろそろ日付が変わろうとしていた。

ぼくは慌てて携帯電話を取り出すと、画面を確認する。

やはり、すごい数の着信が家の電話からかかっていた。

恐る恐るかけ直すと、数コール目で受話器が取られた。

「あ、あの、ぼく」

『は？』

食い気味の『は？』いただきました。

『いやいや、誰とかわかるから。こんな時間に電話かけてくる非常識なヤツ、こんな夜中まで連絡もよこさない愚兄《ぐけい》以外あり得ないから』

ぼくの妹、絵里加《えりか》はいつも通りのキツイ口調で平常運転だ。

キモオタのぼくを完全に兄とは思っておらず、この妹の存在のせいでギャルゲーにおける妹キャラへの攻略意欲というものがまるで湧かなくなってしまっている。そんな現状に、本来ならぼくの方が文句を言いたいくらいだが、もちろんそんな命知らずな真似はしない。

「えと、父さんと母さんに伝えて欲しいんだ。ちゃんと帰るから心配しないで先に寝てて、って。それから、連絡もしなかったこと謝っておいて」

『意味わかんない。なんであたしがあんたの伝言係やってやんないといけない訳？』

「いや、だって電話出たの絵里加だったからさ」

『はあ？　パパもママももう寝てっから。あたし以外電話出るのがいなかっただけだし』

ご両親、心配すらせず熟睡中みたいです。

「そ、それならいいや。悪かったね、時間とらせて」

『ほんと迷惑。悪いと思ってんなら、はじめから夜遊びとか似合わないことすんなっつの』

「ごめん。でも絵里加も、中学生がこんな時間まで起きてちゃだめだよ」

『はあ？　誰のために起きてたと……チッ、なんでもない』

ん、なんだ？

『で？』

考える間もなく、絵里加が言う。

『何時に帰ってくるの？』

「なんでそんなこと聞くの？」

『質問してんのあたしなんだけど』

怖っ。とても中学生とは思えない語気の強さだ。

「えっと、言いづらいんだけど、たぶん明け方過ぎると思う」

『またあのオタク仲間たちと遊んでる訳？』

「そ、そうなんだ。家でゲームやってるんだけど、盛り上がっちゃって。あ、明日は土曜日で学校もないし、このまま泊まりでいいかなって話になったんだ」

『ふーん。ま、いいんじゃないの？　勝手にすれば』

「絵里加なんか怒ってる？」

『は？　なんであたしが怒らなきゃいけないのよ。意味わかんない』

「だって、さっきから言葉が乱暴」

『うるさいな！　生まれつきだよ！』

「いや、言葉遣《づか》いは後天的だと思う」

だってぼくは妹みたいに口悪くないし。

『うっさいクソ兄貴っ、もう帰ってくんな！』

そうして乱暴に電話を切る絵里加。

ぼくは首を捻りながら一言。

「なんだろう。生理かな？」

「よくわかんないけど、あんたがデリカシーのない兄貴だってことはわかったわ」

家族の電話を盗み聞きしないでくれ与儀さん、恥ずかしい。

「ところで、あたしはあんたの友達になった覚えはないんだけど、いつまでここにいるつもり？」

「このアトリエ貸してくれるって、さっき与儀さん言ってたじゃないですか」

「それは構わないけど、まさか夜通し練習するつもり？」

「そのまさかですよ。時間、あまりないみたいですからね。そうでしょう、御堂？」

御堂はぼくの質問に答えた。

「一週間。それが鍛島さんから言い渡された期限だ。その間にグラフィティを完成させないとならない」

「一週間か、確かに時間ないわね」

与儀さんの言葉に、ぼくはかぶりを振った。

「いいえ、二日です。この土日の間にケリをつけます」

一転、さっきまで落ち着いた様子だった二人がすっとんきょうな声をあげて驚いていた。

「二日!?　たった二日でどうにか出来る訳ないでしょう」

「与儀さんの言う通りだ。せっかく一週間の猶予《ゆうよ》が与えられてるんだから、しっかり練習して完成度の高いグラフィティを仕上げるべきだろう」

ぼくは再び首を横に振る。

「鍛島さんがどういう言葉を使ったか知らないけど、彼の目的はタギングを描かせることじゃなく、タギングを通して自分のチームがストリートジャーナルに取り上げられることだったはず。一週間という猶予が、ストリートジャーナルに取り上げられるまでの期間という可能性は充分にあるでしょう」

「う、それは……」

言葉に詰まる御堂。その可能性は考えていなかったのだろうが、相手が自分の都合通りに動くとは限らないのだ。ましてや、相手は身の危険をネタに脅してくるような不良連中、信用出来ない。

「与儀さん。今日この場所使わせてください」

「それはいいけど、どうするつもり？　なにか考えがあるの？」

「ちょっと、試してみたいことがあるんです」

「なんだよ？　試してみたいことって」

御堂の疑問に答えられるほど、確証めいたものがある訳じゃない。それに、いまは一分一秒を大事にしたいところだ。

ぼくは質問には答えず、その代わりに用意してもらいたい物をメモして御堂に手渡した。

「なんだこれ？　テメエ、俺をパシリに使うつもりか。舐めんなよ」

「役割分担だよ。なんだったら買い出し代わろうか？　その代わり、御堂がグラフィティ完成させてよ」

ぐっと喉を鳴らして押し黙る御堂。

悔しそうに歯噛みすると、「足もと見やがって、覚えてろ」と言って部屋を出て行く。

さてと、うるさいのはいなくなった。

ぼくはフェルトペンとスプレーインクを手に取ると、ベニヤ板に向かった。

練習している間、与儀さんはずっとぼくのグラフィティを見ていて、時々技術的なアドバイスをくれる。

三時間ほどそんなやり取りをしていると、御堂が荷物を抱えて戻ってきた。

「うーい、戻ったぞー」

「あ、買い物頼んでたんだっけ。すっかり忘れてた」

「ぶっ殺すぞテメエ、人のことパシらせといて忘れんじゃねえ！」

「ごめんごめん。集中したかったからうるさい人には外に出ていてもらいたかったんだ」

「なーんだ、じゃあしょうがないか……とはならねえよ！」

ですよねー。

「シェイクバニラ貰うね」

与儀さんは御堂が買ってきた夜食に手を伸ばす。

けしからん。

「ナゲットはぼくのだからね」

「お前ら、買い出し行ってきた俺を無視し過ぎだろ」

深夜三時頃。揃って夜食を食べることにした。

ナゲットを頬張りながら、ぼくは御堂に聞いた。

「ところで、頼んでおいた物は買えたの？」

「まあな」

袋から取り出された物を見て、ぼくは感嘆の息を吐く。

「へえ、すごい。こんな真夜中によく見つかったね」

「苦労したぜ。そもそも、名前自体聞いたこともねえからよ、コンビニにも売ってないし探しまわっちまった」

「で、結局どこにあったの？」

「駅前のペンギンマークの店」

さすが激安の王道、なんでも揃ってるな。

「でもあそこって、いつ行ってもヤンキーみたいな人がたむろしてて入りづらいんだよね。ぼく、不良は怖くて苦手だな。あ、御堂ポテトちょうだい」

「俺もいちおう不良なんだが」

そう言いながらポテトをよこすあたり、少しは打ち解けてきたということだろうか。

ポテトをひとつまみし、再び作業に戻ろうと机に向かったぼくに対して、御堂は不思議そうに首を傾《かし》げる。

「ベニヤ板で練習してたんじゃないのか？」

「さっきまではね。でも、壁に絵を描く感覚と、スプレーインクの使い方はだいたい体が覚えた。後はアイデアの問題だよ」

「そうなんすか？」

と今度は与儀さんに尋ねる御堂。

「あたしも驚いてるのよ。ホント、初めてとは思えない飲み込みの速さだわ」

「高校で美術部に入ってるんです。それが関係してるんじゃないですかね」

「無関係ではないでしょうけど、それにしたって大したものだわ」

「じゃあ、間久辺の描くグラフィティでも、ストリートジャーナルに取り上げられる可能性はあるってことっすか？」

途端に黙りこむ与儀さん。

ぼくもその意図が読めたため、沈黙する。

「な、なんだよ二人して黙りこんで」

「いや、確かに間久辺君は絵の基礎がしっかり出来ていると思う。だけど、ライターとしての経験が圧倒的に足りないわ」

ぼく自身、それは感じていることだった。三時間ぶっ通しで描いた結果、仕上がったのが簡単なキャラクターと適当なアルファベットの羅列《られつ》によるタギングの練習が二つ。課題は明白だった。

「やっぱり、時間がネックですか？」

ぼくの問いに、与儀さんは深々と頷いた。

つまりは、そういうことだ。

実際にグラフィティを描いてみて思った。これでは時間がかかりすぎだと。どれだけクオリティの高い絵を仕上げても、時間をかけすぎて警察に捕まっては元も子もない。時間をかければかけるほど、そのリスクは高まるのだ。

だが、時間を削ればそれ相応の完成度しか望めず、とてもストリートジャーナルの記事として取り上げられるレベルの作品に仕上がるとは思えない。

時間と完成度、そのどちらが欠けても今回の目的を果たすのは難しくなってしまう。悠長に構えている場合ではない。

気は乗らないが、ぼくは再び机に向かうと、グラフィティの下書きを再開した。


「なあ、なにを描いてるんだよ？」

三〇分ほど集中して描いていると、我慢出来なくなったのか御堂が聞いてくる。身を乗りだし、ぼくの手元を見て御堂は言った。

「これ、鍛島さんの似顔絵か？　スゲーリアルなんだけど」

「あの特徴的な丸顔は描きやすいんだよ」

本当ならアニメのヒロインとかを描いていたいんだがそういう訳にもいかないし、マサムネというチームのロゴも知らない。ならば、自己顕示欲《じこけんじよく》の強そうな鍛島さんのことだから、彼の似顔絵を描いてやれば満足するのではないかと、そう思ったのだ。

「なるほど、一理あるな」

鍛島のことを知る御堂のお墨《すみ》付きがあるなら、この方針で間違いないだろう。ぼくは鍛島の似顔絵を完成させる。

「後は、時間との戦いね」

目下のところ、その課題が、ぼくらの頭を悩ませていた。


仮眠を取り、昼過ぎに目を覚ましたぼくは、御堂とともに『Master Peace』を出た。与儀さんは店の開店準備をしていたので、簡単な挨拶とお礼を述べる。

「また後で顔出しますんで」

御堂の言葉に手をひらひら振ることで応えた与儀さんと別れ、ぼくたちは街へ繰り出した。

マッドシティ、と不良たちの間で呼ばれているこの街は、県内のみならず県外からも若者が集まり、その治安の悪さは若者の流入に伴って右肩上がりに推移していた。昼と夜ではその様相は激変し、昼間は買い物客で賑わう駅前通りも、夜になると暴走族やヤンキーの集団が我が物顔で辺りを占拠する。

ぼくらはキャンバスとなる壁を探すため、普段は意識しないような場所にも注意して回った。こうして意識して街中を歩いてみると、大小、優劣さまざまなグラフィティを見つけることが出来る。飲食店の立ち並ぶ通りの、路地を入った先の壁面や、歩道と車道を隔《へだ》てるガードレールなど、気にしないと見つからないような所にそれらはあった。

「なんだよこれ。どれもこれも間久辺が練習してたやつより全然へたくそじゃん。殴り書きにしか見えねえよ」

「それだけ、時間に迫られながら描くのが難しいってことさ」

それにしたって、お粗末《そまつ》な出来のものばかりだが。

それから、ぼくたちは駅周辺をあらかた回り終えると、駅から少し離れた位置にある、御堂やアカサビさんと出会った公園にやって来ていた。

「いない、みたいだな」

その公園にアカサビさんの姿はなかった。

ホッとしたのか残念がっているのかわからない表情の御堂は、ズカズカと歩いていきベンチに腰を下ろす。

ぼくも御堂の隣に座った。

「ねえ御堂。アカサビさんだったら、この状況もなんとかしてくれないかな」

「スカイラーズを潰したときみたいに、マサムネも潰してもらおうってか？　そんなことしたら、今度こそ本当に、俺たちは千葉連全体から恨みを買って敵に回すことになっちまう。いくらアカサビでも、三〇〇以上の不良をいっぺんに相手するのは無理だろうからな」

だめか。それならやはり、グラフィティを描く以外に選択肢はなさそうだ。

ぼくらは再び街を歩き始める。先ほどはファストフード店やカラオケボックスなど、小さな店がひしめく駅東口を重点的に見て回ったため、今度は西口周辺を回ることにした。

西口を出ると、そこは買い物客をターゲットにした被服店や電気屋、アクセサリー雑貨屋など、大型店舗が多い大通りに出る。

「さすがにこっちにはグラフィティなんてないな。まあ当然か。西口は年齢問わず買い物客が集まるから、有名ブランドショップなんかも多く出店してる。地元のポリ共も治安には気を遣うわな」

駅を挟んだだけでこうも雰囲気が変わるところが、この街の特色とも言えるのかもしれない。

「もう行こうぜ。こっち側を見て回ったってしょうがねえよ」

御堂のその言葉に踵《きびす》を返し駅の方へ戻ろうとしたとき、ぼくは目に飛び込んできた光景に思わず足を止めた。

「どうしたんだよ間久辺」

御堂も立ち止まり、ぼくの視線の先を追った。

「ああ、ライズの改装か」

通称ライズと呼ばれるその建物は、サンライズというビル名の複合ショッピングセンターだ。駅と併設するように隣接していて、特にギャル向けのショップが多いことで有名らしい。行けば必ず学校の女子が誰かしら居ると聞いていたため、これまでは決して近づくまいと誓っていた店舗である。

「かなり大規模な改装らしいな。内装もスゲエ変わるみたいで、出店企業なんかも増えるってネットに書いてあったぞ」

内装などどうでもいい。ぼくは空中を指差し、言った。

「あの看板」

「ん？　ああ、中の改装に伴って外装も大幅に補修工事したみたいだな。かなり綺麗になってる。看板も新しいのに張り替えるんだろう」

指差す先には、もともとあったであろう店舗の顔とも言える看板の剥《は》がされた真っ白い壁。恐らく枠取られたその白い板の上から、新しい看板となる店舗名が書かれたシールかなにかを貼るのだろう。その工事のための足場が、いまも組まれた状態で置かれている。

「お前、まさか……」

御堂はなにかに気付いたのか、引きつったような声で言う。

その言葉に、ぼくは頷き、答えた。

「そのまさかだよ。今日回った中であそこが一番だ」

「それはそうだろうけど。む、無理に決まってんだろ。目立ち過ぎだ」

「だからいいんじゃないか。幸い足場も残されているし、物理的に不可能じゃない」

「でも現実的でもないぜ。あんな人目のつく場所で長時間作業なんてやってみろ。すぐにポリが駆けつけてジ・エンドだ」

「わかってる。でも、他に手がある？　正直、どれだけクオリティの高いグラフィティを描いたとしても、それが路地裏とかあまり人目につかないところだったら、発見されてその後注目されるまでにかなりの時間を要することになる。一週間でストリートジャーナルに取り上げられるのなんて、絶望的だ」

前回のように、スカイラーズの壊滅というネタが付随《ふずい》していたなら目新しさで注目もされるだろうが、二回目はない。それに、この街には数えきれないほどのグラフィティが存在していることがよくわかった。だから、他を出し抜くためには勝負に出ないといけないんだ。

「間久辺、お前変なところで大胆だな」

「やらなきゃ不良連中に目をつけられるんだろう？　考える余地なんてない。必死にもなるさ」

ぼくは顔を上げ、ビルの真っ白い壁を睨み付けた。

7

「バカなんじゃないの？」

『Ｍａｓｔｅｒ Ｐｅａｃｅ』に戻り、グラフィティを描く場所が決まったことを与儀さんに話すなり、彼女は呆れた顔でそう言った。

「ライズの看板に落書きって、そりゃこの近辺であそこほど目立つ建物は他にないだろうけど、現実的に無理だわ。どれだけの高さがあると思ってるのよ」

「それは大丈夫です。さっき見ましたけど、工事用の足場が良い感じに看板の前に設置されてましたから」

「だがよ、足場が用意されてるってことは明日にでも工事が再開されんじゃねえの？」

御堂の疑問に対して答えたのは与儀さんだった。

「それはないわね。買い出しとかで毎日ライズの前通ってるけど、工事やってるのは平日の昼間から夕方にかけてで、人通りの多い土日は終日休工してる。だけど、それにしたって不安要素が多すぎ」

「それは百も承知です。それより与儀さん。さっき言ってたこと本当ですか？　明日丸一日は工事業者が来ることはないって」

「ええ」と言って頷く彼女。

やはり、あそこほど条件に見合った場所はなさそうだ。

ぼくは御堂と与儀さん、二人を交互に見てから、はっきりと告げる。

「今夜、さっそくチャレンジしてみます」

「おい！　ちょっと待てって間久辺。確かにライズビルにグラフィティ描けりゃ目立つだろうけど、それを現実にする労力の割に、絵を残しておける期間はあまりにも短くないか？　工事が月曜から再開された場合、最悪一日で消されるぞ。そんなのやるだけ無駄だ！　別の所探した方がゼッテエ良いって」

「そんなことないさ。一日もあれば充分だよ」

「どうしてそんなことが言えるんだよ。ストリートジャーナルの記者が明日この街に来るとは限らないじゃねえかよ」

「関係ないよそんなの。別に記者がいようがいまいが結果は変わらない。これがあるからね」

そうしてポケットの中からスマホを取り出すぼくを見て、いち早く与儀さんは理解したようだった。

「なるほど、そういうことね」

「え、どういうこと？」

まだわかっていない様子の御堂にもわかるように説明してやる。

「当然だけど、スマホがあれば写真が撮れるし、ネットにその写真をアップすることだって出来る。そして明日は日曜。多くの買い物客が西口側、サンライズビルの前を通ることになる。その人たちがグラフィティの写真を撮影《さつえい》して、ネットＳＮＳにアップしたらどうなると思う？」

「あっ、そうか、話題が話題を呼んで、ストリートジャーナルでも記事になる！　たとえグラフィティが一日で消されたとしても、ネットに投稿された無数の写真があれば記事に使えるからな」

そういうことだろっ、と興奮した様子で言ってくる御堂。

ようやく理解してくれたようでなによりだ。

話がまとまったところで、ぼくは本題に入る。

「決行は今日の深夜。三時か四時くらいがいいと思う。さすがにその時間なら、駅前と言っても人はほとんどいないと思うんだ」

「今日が土曜日だから、まあ、いても終電逃した酔っぱらいくらいでしょ。それだって、真夜中は最近冷え込むから、どこか建物の中に避難してるに決まってる。行けるぜ、これは！」

興奮した様子の御堂。

ぼくの中でも、もう腹は決まった。やってやる。

そこで、ぼくは本格的な準備に取りかかる。

「与儀さんに用意してもらいたいものがあります」

「あたし？」

「ええ。グラフィティに使う道具に関しては、素人の御堂では頼りになりません」

「なんだと？」

彼の言葉は無視して続ける。

「それに、ぼくだって完全な素人です。初心者向きで扱いやすい道具とか教えてもらいたいんです。お願い出来ませんか？」

ふむ、と口をつぐんだかと思うと、彼女はその口の端を上げて笑顔をつくった。

「本気でヤル気なんだ。バカねぇ」

でも、と与儀さんは笑みを深くする。

「そういうバカは嫌いじゃないわ」

そして、案内されたのは店内のグラフィティ関連品売場。こんなニッチなコーナーを設置しているあたり、さすがはプロのライターと言ったところだろう。

「それにしても、スプレーインクだけでこんなに種類があるんですね」

数十種類ものスプレーインクが並ぶ売場を見て、ぼくは感嘆の息をこぼしつつそう言う。

「同じカラーでもメーカーによって結構違いがあったりするのよ。うちでは国内、国外問わず良品メーカーの物を揃えていて、ライターは自分の好みに合わせてメーカーやカラーを使い分けているの。間久辺君はなにか好みはあったりする？」

よくわからん。プラモ用の塗装インクは使ったことあるが、こんな本格的なスプレーインクを触ったのなんて、昨夜ベニヤ板で練習させてもらったときが初めてだった。

「とにかく使いやすいのがいいです。与儀さんのおすすめはなんですか?」

「バーバン社、トリッシュ社あたりは色の種類も多くてあたしは好きかな。でも、やっぱり国内メーカーが初心者にはおすすめかもしれない」

説明を受けながら売場を見て回っていると、スプレーのキャップばかりが袋詰めされて販売されているのが目に留《と》まった。

「こんなに予備のキャップとか必要ですか?」

「なに言ってるのよ。キャップはライターの技術をアシストしてくれる重要なアイテムよ」

ほら、と言ってスプレー缶を取り出す与儀さん。手近にあったお試し用の紙にスプレーインクを吹き付け、真っ直ぐな線を引く。二センチほどの太さのぼやけた直線が描かれると、今度はキャップを付け替え、同じように直線を引く。すると、今度はまるでペンで直線を引いたような細い線が紙に現れる。

素直に驚くぼくに、気をよくしたのか、与儀さんはさらにキャップを付け替えてみせた。今度は、先二つに比べてかなり太い、五センチほどのしっかりとした線が描かれた。

「太さの調節なんて出来るんだ。ほんと、キャップだけでこんなに変わるものなんですね。驚きました」

「これらを踏まえて、使いやすい物を選択した方がいいわ。いったいなにを描くつもりか知らないけど、イリーガルなライターにとってなによりも重要なのは時間。だから、合わない道具を使ってストレスになると、それはそのままタイムロスに繋がる」

「肝に銘じておきます」

ところで、と与儀さんは話題を切り替えた。

「さっきからうるさいのが見当たらないけど、御堂はどこに行ったの？」

「買い出しをお願いしました」

「あんたも鬼ね。グラフィティ描くことを盾に好き勝手やって。夕べといい、仮にも相手は不良よ。よくパシリに使えるわね」

「人聞き悪いです。これは役割分担なんですよ。ぼくが頭脳労働で御堂が肉体労働。そういう契約で動いてます」

「いつしたそんな契約」

声に振り返ると、買い物袋を持った御堂がそこに立っていた。

「『あちゃー、聞かれちゃったよ面倒くさいのに』って顔すんじゃねえよ」

ぼく、そんな顔してるの？

「うん、してるわね」

「なんなのこの空間っ⁉　ぼくの心の声が筒抜けなんですけど、怖っ！」

「どうでもいいけど、腹ごしらえしようぜ。せっかくこの俺様が買ってきてやったんだ、感謝して頬張れお前ら」

「ああん？　誰にもの言ってるのよ御堂。あんたに『お前』呼ばわりされる筋合いないんだけど」

凄む与儀さんを前に、途端に萎縮《いしゅく》する御堂。

「サーセンした」

と頭《こうべ》を垂れる。小物感バリバリだ。

ぼくも便乗して強気を演じてみた。

「ほんとだよ御堂！　誰にものイッテンダ！」

「テメエだよクソオタっ！」

「サーセンした」

凄まれ、萎縮するぼく。

あれ、なんだろうこの既視感。

ふてぶてしい態度で御堂は買い物袋を取り出す。

「おらよ、夕べと同じで悪いがまたバーガーな」

「わーいモッズだー、モッズすきー」

若干一名キャラが崩壊している女性がいるが、紳士を自称するぼくは見て見ぬ振りをする。

「もふもふ♪」

「っ⁉」

む、無視だ無視。いまだかつてリアルで出会ったことのない萌え効果音を発しているが、触れたらアカン、やけどする。

「どうしたんだよ間久辺。オメエもさっさと食えよ」

き、気になっていない……だと？

平然と食事を開始する御堂。変なのはぼくの方なのか？

「おら、昔の人はこう言ってるだろ。飯は熱いうちに食えって」

どこのフードファイターだ。鉄は熱いうちに打て、だろ。

「あれ？　ちゃんこは熱いうちに食えじゃなかったかしら」

どこの相撲レスラーだ。どんだけ力士好きだよこの人。

そんなこんなで食事を終えると、いよいよ夜も深まってきて、おのずと緊張感も高まり、自然と会話というものがなくなってくる。ただモクモクと煙《けむ》る紫煙だけが、緊迫した室内を漂っていた。

そんな静寂《せいじゃく》を破るように、ぼくは言う。

「道具はお借りしても構わないんですよね？」

タバコの煙を吐き出しながら、与儀さんは答える。

「ええ、好きなの持っていっていいわ。なんか昔を思い出してこっちまでワクワクしてくる。それに、あんたたちストリートジャーナルに載るつもりなんでしょう？　だったらウチの店の商品使ってくれたら宣伝にもなるし。これがいわゆるウィーン×ウィーンの関係ってやつね」

歌がうまそうな関係だな。

「アイーン×アイーンの関係じゃなかったっけ？」

もう語感すら微妙に合ってないよ。

ねえわざとだよね、わざとだと言ってくれ。

ぼくもさすがに黙っていられなくなった。

「二人とも緊張感！　緊張感大切にしようよ！　ねえわかる？　これからぼく、一世一代の大勝負に出るんだよ、空気読んで？」

おつむがかわいそうな出来の二人のペースにはまると、せっかくの緊張感も台無しだ。ここは気を引き締めるためにも、夜の準備を手伝ってもらうことにしよう。

「与儀さん。これからぼくが言う色をメモして売場のスプレーインクから見繕っておいてください。出来るだけ扱いやすい初心者タイプの物をよろしくです」

「仕方ないわね」

「御堂はさっき買い出し頼んだときに見てきてもらった、サンライズビルの足場への最短ルートを洗い出しておいて」

「了解」

二人が動き出すと、ようやくピリピリとした緊張感が戻ってくる。

さて、時間もいい頃だし、ぼくも行動を起こすとしよう。

「与儀さん。奥にあったテレビ借りてもいいですか？」

売場のスプレー缶を大きめのナップザックに詰め込んでいた与儀さんは、膝を地面につけたまま振り返った。

「いいけど、天気予報ならさっき携帯で確認しておいたわよ。安心しなさい。今晩は雨、降らないみたいだから」

「違います。そろそろ楽しみにしてるアニメの時間なんです」

「『緊張感はどうしたっ！』」

二人してツッコミを入れてくる始末。

やっぱり最後まで締まらないみたいだ。


「大丈夫か？」

深夜二時を過ぎ、さすがにこれからぼくがやることを考えて、御堂は気遣ってくれているようだ。

「頭……大丈夫か？」

違った。荒ぶる鷹のポーズがお気に召さないようだ。

アニメを見ていると、ついつい自室にいる気分で興奮してしまう。自重しないと。

「興奮する方向性、完全に間違ってると思うわ」

与儀さんに関しては完全にドン引きした目を向けてくる。まあ慣れっこだ。オタクのメンタル舐めないでもらいたい。

冷静さを取り戻したぼくは、テレビの電源を消し、いよいよ最終確認に取りかかる。

「与儀さん、頼んでおいた物は？」

「この中にまとめておいたわ。抜けはないはずだけど、一応中身は確認しておきなさい。中身を探りながら作業するのは効率悪いからね」

言われた通り、中身を確認しながら、今度は御堂に聞く。

「ルートはどうなってる？」

「万全だ。足場までの最短ルートは俺が案内する」

オーケー。荷物の確認も終わった。最後に、昼間下書きをした鍛島さんの似顔絵をしまって、準備完了。

「よし、行くとしますか」

荷物を背負い立ち上がるぼくと御堂。与儀さんは、今回同行はしないようだ。まあ、警察に見つかって仲間だと思われるリスクを考えたら当然だろう。本当は近くでアドバイスしてもらいたいところだが、技術指南から道具調達までお世話になっておいて、それ以上を求めるのはバチが当たりそうだ。

それでもぼくらを見送ってくれる与儀さん。

「必ず成功させなさい。あなたはこのあたしが直々に指導したんだから、失敗なんて許されないわよ」

叱咤激励《しったげきれい》にしても、もう少し言い方があるだろうに。

不器用な彼女の性格が垣間見《かいまみ》えたみたいで、ぼくは思わずクスリと笑う。そんな顔を見られないように、頭を下げる。

「お世話になりました。やれるだけのことはやってきます」

そして頭を上げると、与儀さんがなにかを振りかぶりぼくに向けて放り投げてきた。

その黒い固まりを抱きかかえるようにキャッチしたぼくは、それを手に持って見た。

「餞別《せんべつ》よ。スプレーのガスは吸引するとあまり体に良くない。それに、素顔も隠せるし、一石二鳥でしょう？」

その黒い固まりはガスマスクだった。顔全体を覆い隠すようなガスマスクには、白くドクロの模様が描かれている。

与儀さんにお礼を告げたぼくはドクロのガスマスクを鞄にしまい、店を後にした。

外に出ると、普段は多くの路上パフォーマーで溢れるアーティスト通りも、真夜中ともなるとその賑やかさは影を潜め、人の姿は皆無だ。

ぼくと御堂は自然と速まる足取りで駅へと向かった。気がはやっているのだろう。

駅に到着したが、やはり人の気配は感じられない。昼間の喧騒が嘘のように、真夜中の駅前通りは静まりかえっていた。これならやれそうだ。

「急ぐぞ」という御堂の案内で、駅と隣接して建つサンライズビルに到着する。

「俺の案内はここまでだ。ここからはお前の仕事。任せたぞ」

「任せたって言われても……もし誰かに見つかったら？」

「逃げろ」

「どうやって？」

「全力で」

根性論とか好きじゃない。

「言っておくけど、ぼく足遅いよ」

「見りゃわかるわオタク。で、実際どれくらい遅いんだよ」

「どれくらいって？」

「一〇〇メートル走何秒だった？」

「ふっ、聞いて驚かないことだな。インビジブルタイム。それがぼくの二つ名さ」

「そういうのいいから。つまり？」

「授業でペアを組んでくれる相手がいなくて、それを先生に言うのもはずかしくて黙っていたら測定出来なかった。タイム適当に書いて提出したから正確な数字がわからない」

「いろいろ不憫《ふびん》でツッコミも入れづらいわ。まあいいや、自分でだいたいのタイムを予測して書いたんだろう？　何秒くらいで走れると思って書いたんだよ」

「約九秒」

「ボルトか！」

「そのときの体育の成績だけ五段階評価で五もらった。嬉しかった」

「世界記録を普通に信じる教師とかどんだけポンコツなんだよ」

はあ、とため息を吐く御堂。

「しょうがねえ、俺は援護に回る。周囲に人がいないか見て回るから、お前はグラフィティに集中していろ。どうせ俺が側にいてもやれることはないんだ、思い切りやれ」

真夜中とはいえ、人が通りかからない保証はない。そのことを考えると、やはり絵を描くことに集中出来なくなる。御堂はその不安を拭《ぬぐ》い去ってくれると言っている。

「信じていいの？」

「誰に言ってんだ、キモオタ」

「うるさい。あんただよ、ヘタレヤンキー」

へっ、と込み上げてきたような笑みを浮かべた御堂。

ぼくも思わず噴き出してしまった。

キモオタか。何度も言われてきた、不愉快な言葉。だけど、御堂に言われたら嫌な気はしなかった。なぜだろう、不思議な気分だった。

それから、御堂は静かにその場からいなくなった。

静けさだけがぼくの周りを漂っている。

決行するには万全の状態だ。

駅と隣接して建つサンライズビルの工事用足場へは、駅改札に通じるペデストリアンデッキから飛び移れる、と御堂は言っていたけど……

「これは、ちょっと遠すぎないか？」

距離にしたら恐らく一メートルほどだろうから、普通に考えれば飛び移れる距離だと思うが、手すりに登って向こう側にジャンプしなければならないため、助走はつけられず、しかも二階の高さというところが恐怖心を煽り、飛び越える勇気を奪っていく。

加えてぼくは運動音痴《うんち》だ。無事に飛び越えることが出来ないかもしれない。

一度そんな風に考えてしまうと、足がすくんで動けなくなってくる。

駄目だ、やっぱりぼくには無理だ。そうして気持ちが折れそうになったとき、ふと御堂の言葉が頭を過《よぎ》った。

一蓮托生。彼は置かれている状況を、そう形容したのだ。

ぼくたちは一蓮托生。だから、御堂はぼくを信頼し、少しでもグラフィティがしやすいように、いまも駆け回りながら人が来ないか見回りをしている。

ぼくを信じてくれたんだ。

だったらその信頼に応えなければ、ぼくは本当に勇気のない、ただのキモいだけのオタクになってしまう。

この状況を作り出してしまった責任くらいは、せめて取らないと。

そう思うと、さっきまで凍りついたみたいに動かなくなっていた足が軽くなった気がした。

「行くぞ、やってやる!」

ぼくは自分自身を鼓舞する言葉とともに、大きくジャンプした。

8

「あいつ、上手くやってんだろうな」

俺は間久辺のことが気になって一瞬振り返るが、グッと堪《こら》えて高架橋《こうかきょう》に上った。

任せると決めたんだ。信じるしかない。

俺に出来ることは、ヤツが安心してグラフィティを完成させられる環境を作ることだ。そのためには、ライズビルに人を近づけないようにするしかない。

高架橋から辺りを見下ろしてみるが、幸いなことに人影は見当たらなかった。まあ時間も時間だし、二四時間営業のコンビニや飲食店が並ぶ東口側ならともかく、大型ショッピングセンターやブランド店、企業のオフィスが並ぶ西口側は真夜中には静かなものだ。

他に警戒するべきは、決まった時間に駅周辺をパトロールする警察車両の存在だけだ。とはいえ、なにも不審な点さえなければ駅の方まではパトカーで入ってこないはずなので、駅と並んで建っているライズビルに目がいくこともない。

こんなときばかりは、スカイラーズの構成員をやっていたことが役に立つ。アカサビに潰されるまでは、スカイラーズがマッドシティの駅周辺を縄張りにしていたこともあって、俺は警戒のため、警察のパトロール経路やタイムテーブルなんかを調べ尽くしていたのだ。

あと数分で二つ先の信号の通りをパトカーが通り過ぎるはずだ。大丈夫。駅に向かって曲がってくることはない。直進だ。

だが、そのとき、予想だにしない爆音が住宅街の方から響いてくるのがわかった。けたたましいエンジンの音と、いくつものライトの光。バイク集団が、駅の方へと徐々に近づいてきたのだ。

「なにぃっ？」

俺は思わず声をあげる。

まずい、これはまずいぞ。方向的に、あのバイク集団は駅に向かってしまう。後数分でパトカーの見回りがこの辺を通るっていうのに。

ちくしょうっ！　このままだと、バイク集団を追ってパトカーまで駅前に近づいちまうかもしれない。

徐々に近づいてくるバイク集団。遠くにその姿を見たとき、俺は息が止まりそうになった。見覚えのあるその集団は、俺が裏切って壊滅に追い込んだスカイラーズの残党だったのだ。

ど、どうする。もし見つかったら殺されるかもしれない。マサムネの傘下に入ったスカイラーズだが、まだ日も浅いためトップの鍛島が出した『俺と間久辺に手を出すな』という指示を素直に受け入れるのか不安だ。少なくともリンチにあうくらいの恨みを買っている自覚はあった。

考えている間に、集団は駅の方へと近づいてくる。同時に、遠くでパトカーの赤色灯の光がチラチラとこの位置から見え始めた。

バカ野郎どもが。俺がスカイラーズに属していたときに、警察のパトロールの時間と経路は教えておいたはずなのに、あいつらすっかり忘れてやがる。このままだと、集団のバイク音に反応して本当にパトカーまで駅の方に向かってくることになりそうだ。

まずいな。もう間に合わない。せめて間久辺に知らせないと。

『信じていいの？』

不意に頭を過《よぎ》った言葉に、駅の方へ引き返しかけた足が止まる。

間久辺はいま、俺を信じて作業に集中しているはずだ。

『ヘタレヤンキー』

うるせえキモオタ。

頭の中の間久辺に、そう言い返す。

俺は確かにヘタレかもしんねえけど、自分の言葉にくらいは責任持ってやるさ。

踵《きびす》を返し、止まっていた足が動き出す。

考えている時間はない。族もサツも、駅の方には近づけさせねえ。

俺は駆け出すと、高架橋から飛び降りる勢いで走り抜け、急いで周囲を見渡した。

あった。

駅に近いこともあって、この辺は自転車の違法駐輪がたくさんある。いくら取り締まりを強化しても、こうして見ただけでも多くの自転車が並んでいる。

その中から、鍵がかかっていないものを見つけるのに、それほど時間は必要としなかった。

悪いが借りる。

まあ、こんな所に鍵もかけずに置いとく方も悪いぜ。

俺は自転車に跨がると、足に思い切り力を込め、ペダルを漕《こ》ぎだした。

そして、族の集団の前で急停車する。

相手はバイク、こっちはママチャリ、勝ち目なんてない。無謀なことも充分理解している。それでも、引く気にはならなかった。

やがて、バイク集団は目の前に現れたママチャリに気付いて速度を落とした。停止したヤツらは、何事かとこちらを凝視《ぎょうし》してくる。

グッと喉が鳴った。俺は自分自身が思っているよりもずっと、ビビっているみたいだ。体は正直だぜ、本当。

そんな自分を誤魔化す意味でも、大きな声で虚勢《きょせい》を張った。

「がん首揃えてどうしたよ、負け犬ども！」

集団からざわめきが聞こえる。

俺に気付いた何人かが、口汚く罵声を返してきた。

それでも俺は、怯まずに連中の前に立ちはだかる。

「悪いけど、ここから先は通行止めだ。文句があるヤツはかかって来い！」

言い終わると同時に、俺はペダルを漕ぎだした。

駅から遠ざかるように自転車を走らせると、予想した通りバイクの音が背中を追ってくる。

それでいい。間久辺が作業しているライズビルから連中を遠ざけることに成功した。

後は、どうやって逃げ延びるかなんだよなぁ。

相手はバイク、こちらは自転車。先行して走り出した勢いも消え失せ、すぐに追い付かれるのは目に見えている。とにかく真っ直ぐ走ったらこっちの負けだ。多少小回りがきくのを利用して、右左折を繰返しなんとか逃げ続けた。

しかし、バイクの圧倒的なスピードの前に小回りで対抗するのには限界があり、その距離はもう三メートルほどにまで詰められていた。

追い付かれる。

先頭を走るバイクが、俺のすぐ脇に迫っているのがわかった。次《つ》いで襲ってきた真横からの強い衝撃。ハンドル操作で耐えようとしたが、男が放った蹴りの威力が思いのほか強く、速度のついた自転車はそのまま勢いよく転倒してしまった。

もちろん、乗っていた俺も強く地面に叩きつけられることになる。痛い、なんてものじゃなかった。

それでも、休んでいる場合ではない。危機察知能力が瞬間的に体を支配していた。

俺は咄嗟《とっさ》に飛び起き、そのまま真横に体を移動させたことで、後続車からの攻撃を辛うじてかわすことが出来たのだ。

とにかく逃げないと。そう思い、咄嗟にすぐ背後にある公園に逃げ込んだ。

そんなものはその場しのぎの避難に過ぎないことはわかっていた。こっちは自転車の転倒でフラフラだし、向こうは一〇人以上の集団で、囲い込まれたらなすすべもなくリンチされるだろう。

だが、予想に反して連中は公園に入ってくることを躊躇《ちゅうちょ》しているようだった。

そうか、ここってアカサビがスカイラーズを全滅させたときの公園か。つい数日前の出来事だ、いくらバカでも、痛みを忘れるにはまだ日が経っていないようだ。

しかし、それも時間の問題だろう。アカサビがこの公園にすでにいないことは、昼に見て回ったときに確かめたばかりだ。

逃げ出したいが、さっきからやけに左足が痛んで、まともに走れる気がしない。転倒したときに変に捻ってしまったようだ。

そうしている間にも、じりじりと距離が詰められていく。もう完全に公園の出入口は包囲されてしまったみたいだ。

誰か、誰でもいいから助けてくれ。

9

深夜営業時間を終えて片付けをしている間も、あたしの意識はどこか遠くに向いていた。

行かない。

気にならない。

興味なんてない。

「さっさと片付けて寝よ」

店をクローズし、奥にある仮眠スペースへ移動する。

昨日、今日と厄介事に巻き込まれ疲れた。

けれど、目を閉じてみても一向に眠りにつけない。こんなに疲れているはずなのに、どうして。

「――って寝れるかっつの！」

あたしは布団を払いのける勢いで起き上がった。

グラフィティは学ぶものじゃないし、ましてや教わるものでもない。自分で編み出していくものだ。技術的な話じゃない。あくまで頭を柔軟にしろ、という意味での話。

そういう意味で、技術指導を頼んでくるなんて、あたしの信念と相反《あいはん》する、ライターの風上にも置けない少年だった。

いいえ、そもそもライターどころか、不良ですらなかった。

あの子、無事、作業にかかれているのかしら?

あーもうっ、ダメダメ、なに気にしてるのよあたし!

頭をかきむしり、なんとか忘れようとする。

だけど、忘れよう忘れようと思えば思うほど、気になって気になって仕方なくなる。

あの少年は甘えていたと思う。

本来、グラフィティとは独学で技術を手に入れるものだ。

けれど、最終的には自分の考えで似顔絵《キャラクター》を描くことを決め、その下書きから練習まで、自分の力だけでやり遂げていた。

だからこそ気になっていたのだ。

下書きしていた似顔絵はよく描かれていて、顔に出来る影まで精巧に再現されていたが、それ故に時間という最も重要視しなければならない問題点と、反目することになりそうだった。

あたしなら、もっとクオリティを下げて、短時間で仕上がるものを題材にするだろう。たとえばタグとか。

なにせ、キャンバスに選んだのはあのライズビル。駅前一等地に建つ巨大ビルの壁なのである。

いま頃、警察に捕まったりしていないかしら。

もう眠気などどこかへ行ってしまった。

仮にも、教えを乞《こ》われ、それに応えたのはあたしだ。

それなのに、まだろくに技術も教えきれていない子供を放っておいてしまって良かったのだろうか。

そう思うと、ほんの少しだけど罪悪感が湧いてくる。

あーもう、行けばいいんでしょ行けば！

あたしは悩んでいることに嫌気がさし、結局外に出た。

様子を見るだけ。チラッと見るだけ。

そう自分に言い聞かせながら先を進む。

途中、警邏《けいら》中のパトカーが見えたので、なんとなく面倒事に巻き込まれないように別のルートを選択することにした。

その道沿いには公園があり、普段なら小さなガキどもの騒がしい声がするはずの開けた遊戯場《ゆうぎじょう》は、主役を失った舞台のように静まり返って……は、いなかった。

公園の入口にはセンスを疑うような厳ついバイクが並び、そのすぐ側に一〇人くらいの不良が固まって公園の中を探っているようだ。

なにかあるのかしら？

あたしも視線を公園の中に向ける。

すると、そこには弱った様子の御堂の姿があった。

「あんたたち、なにしてるのよ！」

咄嗟にそう声を張りあげると、一斉に視線がこちらに集まる。その中で一際驚いた顔をしているのが二つ。

一つは御堂。どうしてあたしがここに居るのか、不思議そうな顔でこっちを見てる。

もう一つは不良集団の中。だけど、こっちはどうしてあんなに驚いているのかわからない。

そう思っていると、不良の一人が声を荒らげてきた。

「あんだこら！　誰だこのアマ！　いてこますぞワレ！」

いつの時代の不良だ、まったく。

啖呵《たんか》を切りながら徐々に近づいてきたのは、不良集団の中でも一際《ひときわ》小者っぷりが滲み出ている男。

威勢だけはいい、明らかに下っぱであることがわかる。

相手をするのも面倒だな、と思いながらも、自衛のためにいつでも手を出せる準備はしておく。

近づいてくる下っぱ君に警戒心を強めた所で、不良集団の中から制止する強い声が飛んだ。

「与儀さんに無礼なことすんじゃねえ！」

「そうだそうだ、マスターに手ぇだすんじゃ……って、あれえ？」

戸惑う御堂。あたしも同じ気分だった。あの男、どうしてあたしの名前を知ってるんだ？

下っぱを突き飛ばす勢いで近づいてくる男。あたしの目の前までくると、興奮した様子で言った。

「あ、あの、うちの若いのが失礼しました。プロのライターのＣＡＧＡ丸さんですよね。それに、『Ｍａｓｔｅｒ　Ｐｅａｃｅ』店主の。マジ渋いっすあの店。大ファンです」

なんだ、うちの店の客か。顔に見覚えはないけど、そもそも他人の顔覚えるの苦手だしな、あたし。まあ、いいか。

「ありがとう。それより、ねえ君。そこの唐変木《とうへんぼく》、もとい御堂がボロボロみたいだけど、君たちの仕業？　一応知り合いだし、もしそうなら黙っていられないけど」

「ま、まさか。勝手にそいつがすっ転んだんですよ！」

「おい、思い切り蹴られてこうなったんだが」

「御堂はこう言ってるけどどうなの？　それが本当なら残念だわ。うちの店のファンだとまで言ってくれるご贔屓《ひいき》さんに、二度と店に近づかないでって言わなくちゃいけなくなるんだもの。心が痛むわ」

みるみる青ざめる男。必死な形相で、しどろもどろになりながら言い訳を繰り返した。

見苦しい。

「ああ、もう鬱陶しいわね！　わかったわよ、許してやるわよ。その代わり、御堂をこれ以上狙うのはやめなさい。どんな理由で喧嘩なんかしてるのか知らないけど、もう充分ケガしてるみたいじゃない。これでお開きよ」

「それは別に……じゃ、じゃあ、あの、また、店に行ってもいいですか？」

そんな風に、上目遣いで聞いてくる不良。

どんだけ熱烈なファンなのよ。割とキモいな。だけど、一応は接客業だしお客様は神様です。愛想くらい振り撒いておこう。

「またのお越しをお待ちしてます」

あーやめろやめろ、喜ぶなキモい。

嬉々とした表情の男は、集団に向かって言った。

「テメエらわかったな？　御堂には金輪際《こんりんざい》手を出すんじゃねえぞ！」

「そんな、リーダー」

え、こいつリーダーなの？　なおさらキモい。

「口答えすんな。それに、俺たちはもうスカイラーズじゃねえ。マサムネの傘下に入ったんだ。ボスの鍛島さんの指示通り、いまは御堂に手を出さない。いいな、野郎共！」

渋々、といった感じで集団は頷き、徐々に公園から遠ざかっていく。

あたしは不良たちの姿が見えなくなってから、ようやくボロボロの御堂の側に行って聞いた。

「無事？」

「そう見えてるなら、オーナーの目は節穴っすね」

「軽口叩けるなら大丈夫ね。それとも、どうする？　本気でヤバイようなら救急車呼ぶけど」

するとと首を横に振る御堂。

「それより、行きたい所があります。申し訳ないんですけど、肩貸してもらえません？　さっきから左足がズキズキして自力で歩くの辛いんです」

「本当に大丈夫なの？」

「こんなのかすり傷っすよ。それより駅の方が気になります。お願いします、連れて行ってください」

「しょうがないわね。掴まりなさい」

「え、いいんすか？」

「頼んでおいてその反応はどうよ？」

「だってオーナー、今回のグラフィティには関わるつもりないって言ってたじゃないですか。だから店に残っていたんでしょう？」

まあ、確かに初めはそのつもりだったわね。

「あれ？　でもだとしたら、どうしてこんな夜遅くに外、出歩いたりしてるんすか？　家に帰るにも終電終わってますから、店に泊まるつもりだったんじゃないですか？」

う、バカのくせに痛いところをついてくるわね。

あたしの困惑を表情から読み取ったのか、御堂はニヤニヤしながらこっちを見た。

「気になるんだ。やっぱりオーナーはお節介焼きっすね。さっきだって、不良集団に一歩も引かずに俺を助けてくれたし」

「うるさいわね。行くならさっさとしなさいよ。ほら」

あたしは言葉とは裏腹にフラフラの御堂を支えながら、ライズビルの方へと向かった。こんなになりながら、それでも御堂は間久辺という少年のことを気にしているようだ。

どっちがお節介よ、まったく。

10

「あいつ、絶対与儀さんに惚れてますよ」

歩く道すがら、俺はそう言った。

「はあ？　誰のことよ」

「スカイラーズの元リーダー」

「ああ、さっきのキョドってた変なヤツね」

思い出し方が辛辣《しんらつ》過ぎる。

あいつにチャンスの目はなさそうだが、一応、俺もごく短期間だが世話になったチームのリーダーだし、義理くらいは立てておいてやろう。

「そのキョドってた変なヤツの名前教えましょうか？」

「なんかキモかったからいいや」

速答である。手厳しい事この上ない人だ。

そんな益体《やくたい》のない話をしながら、与儀さんの助けでなんとか駅前通りまでやってきた。

時刻はそろそろ明け方の五時に近づき、朝の散歩をする初老の男や、休日出勤するサラリーマン数名とすれ違う。始発電車までもう三〇分を切っているため、そろそろ街自体が起き出す頃だ。

まだ、間久辺と別れて三〇分ほどしか経っていない。つまり、あいつがグラフィティの作業に取りかかっていた時間は、正味《しょうみ》三〇分もなかったことになる。

「あいつ、作業上手くいってるのかな？」

俺は、不安が言葉になって出た。

すると、与儀さんの表情は険しくなり、「難しいと思うわ」と答えた。

「御堂も見たでしょう？　あの子が下書きで描いた絵」

「はい。超上手かったっす。与儀さんは会ったことないからわかんないかもしれないけど、千葉連幹部の鍛島って人にそっくりですからね、あの絵」

「それは知らないけど、技術的なことなら少しはわかるつもりよ。確かに、彼の絵の技術は申し分ないレベルだと思う」

「高校で美術部に入ってるらしいじゃないっすか。それにオタクだから、好きなアニメのキャラとか描いて楽しんでるみたいだし、だからじゃないっすかね」

「そうね。高校生にしては、よく描ける方じゃないかしら。だけど、グラフィティに求められるのは迅速さよ。あの子、下書きだけでどれだけ時間かけていた？」

「たぶん、一時間くらいかかってたと思いますけど……」

「ということは、壁に描いたらその倍くらいの時間がかかるわ」

「倍って、じゃあ二時間は必要になるってことっすか！」

「普通にやったらそうね。昨日やってみせたステンシルアートって技法を使えば話は変わるけど、そのためにはあらかじめ絵の型を切り抜いておいた物が必要なの。だけど、そんなもの彼は作っていなかったでしょう？」

「俺が見ていた限りなかったと思う」

「………」

「ちょっ、そこで黙んないでくださいよ。あいつが絵を完成させてくれないと、俺たち県内の不良たちから狙われることになるんすから！」

やっぱり無謀だったんだろうか。オタクにライターの真似事をさせるなんて。

しかし、いまさら後悔したってもう遅い。あいつに賭けると決めたんだから。

うすぼんやりと明るくなり始めた街。そろそろ人通りが増えてくる頃合いだ。

俺と与儀さんは歩を進め、やがて目的地であるライズビルに到着する。すでに大通りには駅へ向かう人の姿がちらほら見受けられる。その中に、立ち止まって上空を見上げる人が数人。

その視線の先にはライズビル。間久辺が作業しているであろう、工事用の足場が設置されている辺りに視線が集まっていた。

「なによ、あれ」

隣で、与儀さんが目を大きく見開き、呟くようにそう言った。

俺も慌てて上を見て、そして驚愕に目を剥《む》いた。

ライズビル。本来看板が設置されるはずのその白い壁には、昼間にはなかった絵が確かに存在していた。正確には出来上がりつつある、と言った方がいいのだろうが、その全容はほぼ明らかになっている。

完成は不可能と思われた鍛島の似顔絵はすでに完成していて、グラフィティ特有の崩したアルファベット文字で、『ＭＡＳＡＭＵＮＥ』とタグを打つ黒衣の背中が見えた。

俺はその背中を震える手で指差しながら、口を開く。

「ど、どういうことだよ与儀さん。倍の時間どころか、半分の時間で絵が完成してるじゃないか。あの野郎、どんな魔法を使いやがったんだ」

「いいえ、魔法なんかじゃないわ」

与儀さんは震える声で否定した。

「やられたわね、これは思い付かなかった。まさか〝ポスタリゼーション〟とは」

俺は首をひねった。なんだそれは？

「ポスタリゼーション。階調変更とも言う、絵の技法の一つよ」

技法って、あいつは普通に似顔絵を描いただけじゃないのか？

そう思い観察してみると、確かに普通に描いたのとはどこか違う気がする。まあ、どう違うのか具体的には説明出来ないが。

「御堂がわからなくても無理ないわ。ポスタリゼーションっていうのは、影に階調をつけ、それを順番通りに塗っていくことで絵を完成させる複雑な方法のことなのよ」

説明されてもさらにわからなくなる。

もう少し優しい言葉で説明してくれるように頼んだ。

「そうね、具体的に言うと、例えば人物に光を当てたとき、顔の凹凸《おうとつ》によって影が出来るじゃない？　その影の濃さを、一番濃い色を一、その次に濃い色を二って感じで数値化していって、あらかじめ割り振っておいた番号の色で〝影の部分〟を塗っていくと、そこに人物画が浮かび上がるのよ」

「は、はあ」

ここまで説明されてもいまいちわからない。

そんな俺の心情を察してか、与儀さんはさらに詳しく補足した。

「よく使われるのはタレントの写真ね。画用紙かなにかの上にカーボン紙を乗せて、写真を紙に写す。このとき、写っている人物の輪郭だけじゃなく影の形までなぞるのが重要。そうすると、画用紙には人物の大まかな輪郭だけじゃなく、影も写し出されるわね。次に写真を見ながら、その影の部分に濃い順番で番号を振っていく。あとは、その濃度に合わせて決めておいた色、たとえば一番濃い影の色は黒、二番目は灰色、三番目は白みたいな感じで色を画用紙に塗っていくと、そこに人物画が完成するのよ」

そして、与儀さんの指差す方を見た。

あの壁に描かれた鍛島の似顔絵がまさにそうだ。一番影の濃度が濃い首筋や鼻の影などは黒。次に凹凸が多い唇の端や目のくぼみなどは灰色。光が当たっているような頬は白に近いクリーム色で塗られている。

だが、それらはあくまで大まかな彩色であって、よく見ると黒色でも濃厚な黒と、かなり軽い調子の黒もあったりして、主となる色でもいくつかに区別されているようだ。

与儀さんは言った。

「ポスタリゼーションは、その色分けを多くすればするほど、完成度が高くなるものなの。間久辺君はどうやらそれがわかっているみたいね」

そして、鍛島の似顔絵を際立たせるように書かれた『MASAMUNE』というタギングは、鉄を思わせるような鈍い灰色で、文字の端々が鋭い刃のように尖《とが》って描かれている。

鋭い刀のように尖った集団という意味で名刀から貰った、チーム『マサムネ』という名前。その尖った連中をまとめ上げて一つのチームという刃に鍛《きた》え上げた鍛島を表現する色として、鈍い灰色はうってつけだ。

『MASAMUNE』というタギングをよく見てみると、ところどころ刀の波紋のような模様が描かれていた。

間久辺は少ない情報から、その発想を考え出したんだ。

俺は思わず感嘆の声をあげた。

「あいつ、大したもんですね。その、なんだっけ？　ポスタリゼーション？　そのやり方を使えば楽に絵が描けるんですね」

「まさか。説明を聞いていたらわかるでしょう？　作業工程は複雑だし、彼くらいレベルの高い人物画を描けるなら、そのまま壁に描いた方がずっと楽に決まっているわ。今回だって、恐らく一度似顔絵を紙に描いてから、薄い紙を使って上からもう一度自分の描いた絵をなぞったのよ。店で下書きの絵を見せてもらったとき、影までしっかり書き込まれているなって感心したんだけど、まさかポスタリゼーションのためだったなんて思いもしなかったわ」

薄い紙、か。なるほど、そのための買い出しだったのか。

夕べ買い出しに行かされたときに、俺はトレーシングペーパーとかいうのを買わされた。コンビニにもなくて探すの苦労したけど、まさか夕べの段階でそんなことを考えていたなんて、間久辺の野郎、やるじゃねえかよ。

「わかった御堂？　ポスタリゼーションはとにかく手間がかかるのよ。ただ、そのかわり下準備さえ万端ならこれほどグラフィティに向いている技法はないかもしれない」

「そうなんすか？」

「ええ。ポスタリゼーションっていうのはね、陰影を使って絵を浮かび上がらせるものだから、間近で見ると絵としての完成度は一般的な水彩画なんかと比べて低く思えてしまう。だけど、距離を取って、引きで見た場合、その出来映えは水彩画を大きく凌駕《りょうが》する。こうして離れて見ることでよくわかるでしょう？　影を描いたことで、あそこの壁からまるで絵が浮かび上がっているように見える。それがポスタリゼーションの特徴よ」

なるほど、確かに言われてみるとあの絵は壁から浮かび上がった3D画像のように見える気がする。壁に描き、遠くから観衆に見せるのが基本のグラフィティには、うってつけの技法みたいだ。

「ただまあ大前提として、さっきも言ったけど準備は大変よ。絵を描いてそれを紙に写し、影を描き入れ、その影の濃度に階調をつけたあとで、色を塗るという、多くの作業工程を必要とするもの。本来なら、時間との戦いであるグラフィティには向かない技法だけど、下準備をしっかりして影に階調を施《ほどこ》した下書きさえ作ってしまえば、残された作業は壁に下書きと同じ輪郭を描き、影の部分に階調通りに色を塗っていくだけ。キャップを付け替えれば簡単に太い線でベタ塗り出来るスプレーインクは、道具としては最適で、ある意味、グラフィティほどポスタリゼーションに向いている素材はないかもしれない」

「そのポスタリゼーションっていうのがグラフィティに向いているのは、いままでの話でよくわかりました。でも……」

ビルを見上げ、スプレー缶を握る黒衣の背中を見て、思わず言い淀む俺。

そして、ライズビルのグラフィティをまじまじ眺め、それから純粋な疑問を与儀さんに投げかけた。

「あいつは、それを一人でやってのけたんですか？　準備含めて、たった一日で？」

俺は自分で言ってから、思わず息を呑んだ。

絵のことはよくわからないが、いま口頭で説明されただけでも、複雑な作業内容だとわかる。しかもそれを、グラフィティを描くことになったその日に発想し、たった一人で準備してしまうなんて、普通ではない。素人の俺でもわかることだ。与儀さんは衝撃を受けているようだった。

「訂正するわ」

「え？」

「絵の話よ。彼……いいえ、間久辺君は高校生のレベルからは逸脱《いつだつ》している。すでにライターとしても充分に通用するレベルだわ。技術的にはまだまだだけど、初めてのグラフィティでこれだけの大舞台を前に絵を完成させたことと、なにより普通では考えつかない手法を思いつくなんて、才能は、恐らくあたしより上だわ」

簡単に与儀さんは言うが、彼女はプロのライターで、恐らく県内でもトップクラスの知名度と実力を兼ね備えている人物だ。そんな彼女が認めるということは、ただごとではない。

気が付くと、駅へと押し寄せていた人波がライズビルの前で停止し、その多くが前日までなかった壁の絵に向かってスマホのカメラを向けていた。

立て続けに聞こえるフラッシュの音と、ざわめき。

ビルに取り付けられた足場では、最後の一文字をスプレーインクで吹き付け終えて、それまで黒衣の背中を向けていた間久辺が、騒がしくなりつつある大通りの方へと振り返り、その姿を晒す。

与儀さんが用意した黒いパーカーのフードを目深《まぶか》にかぶり、ドクロを模したガスマスクを装着した姿で、そこに立っていた。

なんだよあの野郎、オタクの癖して様になってるじゃねえか。

周囲の連中がスマホのカメラで撮影する音と、フラッシュの光が絶え間なく続く。この眩《まば》ゆいまでの光は、すべてあのオタクに向けられた興味そのものだ。

あいつの目からは、この光景がどう映っているんだろうな。

俺はそんな素朴な疑問を抱きながら、大衆の中の一人として、スマホであいつの姿を写真におさめた。

11

あたしが店に戻ったのは、朝の七時を過ぎた頃だった。

どうしてそんなに遅くなったかというと、御堂のヤツ、絵が完成したのを見届けると、痛みに耐えられなくなったのか、痛い痛いと足を抱えていきなり騒ぎだしたのだ。仕方なく救急やってる病院に連絡入れて、連れて行ってやった結果、こんなに遅くなってしまった。

「あの根性なし」

思わずひとりごちたあたしに、声がかかる。

「いやいや、足の骨にヒビ入ってたんでしょう？　しょうがないじゃないですか」

店の前には間久辺の姿があった。

彼はグラフィティを描き終えてから、使った道具を返すため、あたしが戻ってくるのをずっと待っていたみたい。律儀というか、融通が利かないというか。

「あなたも疲れたでしょう？　道具返すのくらい、別にいつでも良かったのに」

「そういう訳にはいきませんよ。与儀さんには沢山道具借りちゃったし、それでなくてもお世話になったんですから、挨拶もしておきたかったですしね」

あらたまった態度で、間久辺は姿勢を正した。

「ありがとうございました。与儀さんのお陰でなんとかなりました」

「納得のいくものは描けたの？」

「まあ、取りあえず形だけは繕《つくろ》えました、なんとかね」

「そう。良かった。それより驚いたわ。まさかポスタリゼーションを使うなんてね」

「あ、やっぱり知っているんですね。さすが与儀さん。ぼくなんて高校の美術でやったばかりだから知っていただけなのに」

学校で少し習っただけで、それを応用して自分のものにしたというの？　本当に大したものだわ、素直に感心する。

「納得。あなた絵を描きに行く前、あたしに必要な道具を紙に書いて渡したじゃない。あれ、不思議だったのよ」

「なにか変でしたか？」

「だって絵の下書きを見た限りだと普通の人物画だったから、使う色なんて精々二、三色ってところなのに、要求された色は似たような色ばかり八色だった。念のために持っていくつもりなんだろうと思って用意したけど、そうじゃなかったのね」

そう。彼は八色すべて使っている。

「ポスタリゼーションの完成度を高めるには、階調、つまり影の濃淡を細かくわける必要がある。

つまり間久辺君は、影の濃さを八段階にしたって訳ね？」

「正解です。はじめは四色くらいにしようかとも思ったんですけど、それだとあまりにも階調が少なすぎて絵としての完成度が下がってしまいます。スプレーインクは吹き付ければ簡単に広範囲に色が塗れるから、多少色が増えても時間的には余裕ですしね」

納得したあたしは、さすがに疲れてあくびをこぼした。

まったく、昨日から二人に振り回されたお陰で疲れてしまった。あたしはタバコに火を点《とも》すと、今度こそ眠ることにする。

間久辺君は借りた荷物を返そうとしたが、あたしはそれを制した。

「今日使った物はあげるわ。つーかどれも使用済みじゃない。もう商品にならないし、返されても困るのよね」

申し訳ない、というよりも、こんなの貰っても困るという意味で顔を曇《くも》らせた間久辺君。

あたしは一際目を引くドクロのガスマスクを彼の胸に突き返し、言った。

「意外に似合ってたし、大人しく貰っておきなさい。きっとまた必要になるはずだから」

「そうならないことを祈ってます。今回のグラフィティがストリートジャーナルに載らなければ、多分ぼくではどうやっても無理ってことですからね」

間久辺君はそう言うと、荷物を背負って店を後にした。

きっと大丈夫だと思う、という言葉を言いそびれてしまった。

まあ、いいか。

あたしは再びあくびをこぼすと、気つけのタバコの煙を肺に入れ、店の電話を取る。寝る前にやっておかないといけない仕事が出来た。電話帳から名前を探し、電話をかける。

何度目かのコールで相手は電話に出た。

『……もしもし？』

「あらなに、まるで眠りを妨《さまた》げられて超不機嫌みたいな声だけどどうしたの？」

『その通りなんだけど。で、なんなの？』

「スクープよ戸波《となみ》。あんたんとこのウェブ雑誌、ストリートジャーナルにうってつけのネタ」

『ちょっと待って』

受話器の向こう側からゴソゴソと起き出したような物音がする。恐らくメモ帳でも準備しているのだろう。

『お待たせ。それで、ネタってなあに？　またあんたの特集記事書かせてくれる訳？』

「冗談じゃないわよ。あの一回だって昔馴染みのあんたの頼みだから受けてやったんだからね。そのせいで、本当迷惑してるんだから」

今回だって、御堂があたしを頼ってきたのは、ストリートジャーナルでプロのライターとして特集記事が書かれたのをきっかけとしている。あれがなければ、御堂はうちの店を知ることもなかっただろう。

『えー、ＣＡＧＡ丸の特集号かなり反響良かったからまたやりたいのにー』

「勘弁してよ、もう。それより、面白いグラフィティライターがあらわれたのよ」

『へー、プロのあんたが認めるなんて珍しいじゃない』

「まあね。ただ、戸波ならすでに知ってるはずよ。ほら、この前更新されたばかりのストリートジャーナルで新進気鋭のライターのこと取り上げていたじゃない？」

『ええ。スカイラーズって近頃大きくなり始めていたチームが潰されたからね。その関連で記事にしたわ』

「どうやらそのときのライターが、かなりデカイことやらかしたみたい。画像があるから、いまから戸波のＰＣに送るわ」

あたしは携帯電話で撮影した画像を送信した。

『ちょっと確認するから』

と言って、戸波は一旦電話を切った。すぐにかけ直すと言われたため、受話器の前で待機する。

その間、検査入院することになった御堂のために、携帯電話で見舞いの品なんかを検索する。あたしが用意してやる義理なんてないんだけど、まあ病院に連れていったこともあってこのまま無関係を貫くのは少し心が痛んだ。

お見舞い品のランキングサイトがあったので、興味本意で入ってみると、やはり一番人気はフルーツバスケットだった……って高っ！　なによこれ。こんな値段の張るもの、見るからに貧相な舌してそうなバカにはもったいなくてあげられないわね。

そんなことを考えながらサイトを流し読みしていると、言っていた通り折り返し電話がかかってきた。

電話に出るなり、受話器から耳をつんざくような声が聞こえた。

『なによこれっ、駅前のショッピングビルよね!? こんな目立つ所にグラフィティ描いたライターがいるっていうの？ もうすでにネットでかなり話題になっているみたいじゃない』

通行人が撮った写真が、ネットにあげられているそうだ。

反響としては上々だろう。

「どう、ネタに使えないかしら？」

『もちろん！ これこそ若者文化の発信を使命とするストリートジャーナルにもってこいのネタだわ。ああー、たぎる。見出しが次々に浮かぶわ。これは寝ている場合じゃないわね』

ジャーナリストがこんなに乗せられやすくていいのかしら？

まあ、あたし的にはありがたいことだけど。

『ところで与儀、このライターの名前は？』

「え？」

『いやいや、「え？」じゃないでしょ。まさか名前も知らないライターのことを記事にするよう薦《すす》めてたりしないでしょう？』

「あ、当たり前じゃない」

抜かった。考えてなかったわ。

『そうよね。だってこのライター、相当な実力者だもの。ライターの世界ではすでに有名人だったりして』

いやいや、それどころか昨日始めたばかりの素人だから。

だけど、さすがに本当のことを話す訳にはいかない。なんといっても、間久辺君のしたことは犯罪行為だから。

『ねえちょっと、もったいぶってないで早く教えてよ』

どうしようか悩むあまり黙りこんでいると戸波がせっついてくる。

名前、名前って、そんなこといきなり言われたって……あたしは咄嗟に手にしていた携帯電話の画面を注視した。

色鮮やかなフルーツの盛り合わせが映る画面には、有名な高級果物店の名前が。それを見るなり、あたしは咄嗟に答えていた。

「名前。そうね、いいわ教えてあげる。ライターの名前は――」

12

《オンライン版　ストリートジャーナル》

若者文化の現在《いま》を斬り取るＷＥＢマガジン！

〔ＣＯＮＴＥＮＴＳ〕

【関東最大の暴走族、スカルライダーズ内部分裂　高次凜矢ＶＳ如水丈二】

【女性ヒップホップ集団ＫＡＧＥＫＩ（華撃）とは】

【今若者に絶大な人気を誇るシルバーブランド　ＫＴ《ケイティ》】

【元暴走族が属する自警団による行き過ぎた世直し　街クリーン企画】

【編集部が振り返る、夜の街、度重なる抗争の歴史】

【芸術？　景観破壊？　ＣＡＧＡ丸氏が語るグラフィティとは】

【独占　謎のライターがスカイラーズを壊滅。その正体は？】

new!

【マッドシティ最大の複合ショッピングビルが被害に】

前回取り上げた正体不明のライターが、今度は駅前の大型ビルを標的にした。サンライズビルは若者向けの服飾品などのテナントショップが一〇〇店舗以上入っている複合ショッピングビルで、若者の間では通称ライズと呼ばれ親しまれ、読者もよく知る所だろう。

今夏よりビルの全面改装に伴って店を閉じていたライズビル。今月二〇日の新装オープンを前に改装工事も大詰めに差し掛かっていた折に、事件が起きた。

本日未明、正体不明のライターがこのライズビルの工事中の壁面に大がかりなグラフィティを残して姿を消したのだ。目撃者の証言によると、ライターは工事用に設置されていた足場を使いビルの壁をのぼり、看板が取り付けられる予定の場所に人物画を描くと、姿を消したのだという。その間、わずか三〇分ほどだった。

描かれた人物画の側には、不良グループとして有名な『ＭＡＳＡＭＵＮＥ』の文字が書かれていた。筆者が独自に取材したところ、描かれていたのはチーム『マサムネ』の総長、鍛島氏の似顔絵であることがわかっている。

ライターとの接点についてチーム『マサムネ』に簡単な取材に答えてもらったところ、「チーム内にライターはいない。いるのはライダーくらいのものだ」との回答があった。恐らくチーム『マサムネ』の熱狂的なファンであろうと、鍛島氏は答える。

その肝心のライターについてだが、目撃者の証言とネットに投稿されている写真から犯人と思われる人物の姿が明らかになっている。証言によると、ライターは黒色のパーカーのフードを目深にかぶり、背中には大きなリュックを背負っていて、恐らくその中に絵の具等を入れていたと思われる。

そして、もっとも特徴的なのが、素顔を隠すために付けられたと思《おぼ》しきドクロ模様のガスマスク。どこか不気味で挑発的なその姿は、この人物のあり方を体現しているようにも思える。

正体不明のライター。

今回の取材を通して、すべてが謎に包まれたこの人物の名前が明らかになった。

その名は〝線引屋《せんびきや》〟。

今後も、正体不明のライター、線引屋の動向を当サイトは追い続ける。

（一〇月一二日　記者Tによる寄稿）

13

家に帰ったぼくを真っ先に待ち受けていたのは、両親よりもなによりも、妹からの説教だった。

「朝帰りとか良いご身分ね」

「それほどでもないよ」

「どこでなにしてたの？」

「友達の家でゲームを」

「はん、またオタク仲間で集まってたの？　どうりでイカ臭いと思った。ドーテーはこれだから」

一四歳の妹に性的なそしりを受けた。こいつはこたえるぜい。

ここは一つ、兄としての威厳というものを見せて、立場の違いをわからせないといけないな。ぼくは息巻いて口を開いた。

「あ、あのぉー。お兄ちゃんに対して、そういう態度取るのはどうなんだろうか？」

「口答えすんなバカアニキ。黙って正座してろ」

この妹、見た目はチャラチャラしてるくせに、意外と体育会系でやんの。だが、いつも口うるさい妹だが、今日に限ってやけにしつこ……もとい長いような気がする。こっちは完徹《かんてつ》で早く寝たいというのに。

「本当のこと話すまでずっとこのままだよ？」

「え？」

ぼくは思わず、眠気で重たくなっていたまぶたを大きく見開いた。

「電話一本で二晩も帰ってこないアニキが悪いんだよ。よそ様のご家庭に迷惑かけていないか、いつも遊んでる仲の良い二人に連絡したのよ」

「廣瀬と中西にっ？」

「そう」

なんてアグレッシブな妹なんだろうか、本当に。

普通お兄ちゃまのご学友に電話とかする？

どうしてそこまでするんだろう。不思議に思っていると、いままで語気にトゲがあった絵里加が途端に弱気になった。

「ねえ、まさか、変なことに巻き込まれたりしてないよね？」

心配そうな眼差《まなざ》し。

ぼくはその表情を見てすべてを悟った。

あの日とまるで同じだ。ぼくが中学生の頃、ひどいイジメを受けボロボロになって帰ってくるのを見ていた、あの目。

高校に進学してからは中学時代みたいな暴力はなくなったが、妹は当時のぼくを見ていたから、よく覚えているのだろう。

あの頃は本当に地獄だった。

肉体が出来はじめた子供というのは性質《たち》の悪いもので、特に成長の遅かったぼくは成長の早い男子の恰好《かっこう》の標的となった。毎日受ける直接的な暴力。辛くて何度も逃げ出したくなったけど、イジメられていることを家族に知られたくなくて、ぼくは黙って理不尽に耐えていた。

しかし、妹が中学の進学を控え、とうとう黙っていることが出来なくなり、ぼくはすべてを両親に説明したのだ。

ぼくは学校でイジメられている。

もし絵里加を同じ中学に入れたら、きっと絵里加もイジメの対象になってしまう。それだけは避《さ》けないといけなかった。だからぼくは泣いて頼み込んだんだ。妹だけは、どうか別の中学校に進学させてくれって。

そんな情けない兄の姿を部屋の隅で見ていた妹に、ぼくは謝ることしか出来なかった。きっと仲の良い友達もいただろう。情けないアニキでごめん。迷惑かけてごめんって、何度も、そればかり嗚咽《おえつ》をこぼしながら言い続けた。

あのときと同じ目で、絵里加はぼくを見ていた。

「ねえアニキ。もしなにかあるならちゃんと言ってよ。家族に頼ることは情けないことじゃないし、ましてや迷惑なんてことない。本当に辛いのは、家族が大変な思いをしてるのに力になれないことなんだから」

絵里加は口うるさいし生意気な妹だが、これまで一度もぼくが中学時代を思い出すようなことは言わなかった。ずっと気を遣わせていたのだろう。

そんな妹が当時に戻ったような態度を取っているということは、それほど心配をかけてしまったということだ。

「大丈夫だよ」

ぼくはつとめて平静を装って言った。

「見た通りピンピンしてるでしょ？　まあ、確かに嘘ついたのは悪いと思うけど、もうこんなことないはずだから安心してよ。面倒事は片付いたからさ」

怒っていた理由がわかった以上、もう大人しくしている必要もないだろう。さすがにもう眠い。

ぼくは立ち上がり、背中を向けた。

「ちょっと待ってアニキ」

なんだ、まだなにかあるのだろうか。振り返り妹の顔を見たぼくは、思わずひきつったような悲鳴をあげてしまった。

さっきまでの心配そうな瞳はつり上がり、心なしか口元がひくひくとひきつっている。

「何事もなかったみたいで安心したよ。これで心置きなく説教出来るね？」

「いや、あの、ぼく眠い」

「口答えしない！　ほらそこに正座！」

ひいい、タガが外れた虎っ⁉

その後、解放されたのは夕方過ぎだった。

翌日は普通に学校があったため、気合いと根性ととどめにタガが外れた虎のニーキックによりなんとか目を覚まし、膝が突き刺さった腹部の痛みに耐えながらなんとか登校を果たした。

が、どんな痛みも壮絶な睡魔の前では形無しだ。放課後まで泥のように眠り、気付いたら完全下校時刻を告げる鐘が鳴っていた。

まあね。そうだよね。誰も起こしてくれないだろうね。

だってクラス内ボッチだもん。

寂しくなんてないけどな、ふはははは——

「はぁ」

思わずため息が出ちゃうよ。もういいや、帰ろう。

学校を出て一本道の下校路を淡々と歩く。昨日のゴタゴタが嘘のように静かな時間が流れていた。

一本道の先、三叉路《さんさろ》になっている所に、人影が見えてぼくは立ち止まる。松葉杖《まつばづえ》をついてそこに立っているのは、御堂だった。

「遅いじゃねえかテメエ、怪我人待たせんじゃねえよ」

好き勝手な言い分は無視だ、無視。

「出歩いて大丈夫なの？　足、ヒビ入ってるんだろう？」

「大丈夫じゃねえよ。ねえけど、まあ、結果は早めに伝えておかねえとな」

そう言ってスマホを差し出す御堂。

樽《たる》みたいな体つきの女のフルヌード写真がお目見えだ。

「なんてもの見せやがるっ、なにが目的だ！」

ぼくの言葉で自分もスマホの画面を見て、慌てて隠す御堂。

「間違えたんだよこの野郎！」

何をどう間違えたらそうなるんだよ。

「見せたかったのはこっちだ」

ブラウザ画面には、ストリートジャーナルのウェブサイトが開かれていた。

御堂が示した新着記事を見てみると、サンライズビルのグラフィティのことが取り上げられていた。

「昨日の今日でもう出てるの？」

知らなかった。こんなに早く更新されているとは思わなくて、確認もしていなかった。

「これがネットの良いところだよな。タイムラグがほとんどねえ。雑誌版だとこうはいかねえ」

そう言えば聞いたことある。ストリートジャーナルには雑誌とウェブ二つの媒体《ばいたい》があって、鮮度が命の情報はウェブ版に掲載し、雑誌版はファッションなどを主体に発行されているらしい。

「早いと言えば、鍛島さんからもさっそく連絡あったぜ。なんかストリートジャーナルの記者から電話で取材受けたって、あの人たいそう喜んでた。ホント、自己顕示欲バリバリなのな。もう俺たちのことなんてすっかり忘れただろうな」

それは有難い。どうやらぼくがグラフィティを描いたことは、無駄ではなかったらしい。

事務的な報告が終わると、御堂は黙った。ぼくだって話すことなんか特にないから、自《おの》ずと沈黙が辺りを支配する。

先に切り出したのは御堂だった。

「じゃあ、それだけ伝えたかったからよ。俺はそろそろ帰るわ」

「うん。わざわざ悪いね。電話でも別に良かったのに」

「いいさ。多分、もう会うこともねえだろうからな。最後くらい顔合わせておきたかったんだよ」

そう言って、どこか照れくさそうに右手を差し出す御堂。

ぼくはそっと、ブイサインを出す。

「ジャンケンじゃねーからな！　たく、最後くらいビシッと締めろや、おら」

無理矢理手を握られ、握手をかわす。

これで、本当に終わるみたいだ。

三叉路で、ぼくは御堂とは別の道を歩き出した。

もう、彼と関わることはない。つまり、これまでの平穏無事な日常を取り戻したのだ。

ぼくは、ポケットの中から自分のスマホを取り出し、ブラウザを開くと、先ほど御堂に見せてもらったストリートジャーナルの最新記事を読み返してみた。そこに書かれた〝線引屋〟という名前を見て、スクロールする手が思わず止まる。

線引屋か。誰が考えたのか知らないが、言い得て妙な通り名だ。鍛島から命じられた課題をクリアしたぼくは、これで日常と非日常の境界に再び明確な線引きを果たすことが出来た。

異世界、魔法、ハーレム、そういう非日常は大歓迎だが、不良たちと関わりを持つなんていうのはまっぴらごめんだ。

だから、こうして解放されてうれしい。そのはずなのに、なぜだろう。

御堂や与儀さんと過ごした短い時間が、まるで灰色だった日常に施された諧調変更のように、色鮮やかに思い返された。

第二章——青春×グラフィティ

1

日常が戻ってきた。退屈で平穏な日常だ。

家では妹から口うるさく文句を言われ、両親から期待されることもなく、クラスではハブられ空気扱い。友達といえば、同じ趣味を持った廣瀬と中西くらいのもので、ひっそりと美術部でアニメ談義をするのが学校でのささやかな楽しみだ。

「学校、爆発しないかな」

ぼくはボソリとそう呟いた。

「マクベス。なにいきなり不穏なこと口走っちゃってんの」

「いやー、空から隕石とか降ってきて学校なくなんないかなーって思って。ついでにぼくの右手に異能の力とか宿ったりして」

「ア、アニメの見すぎ」

廣瀬と中西は、唯一こんな馬鹿話を気軽に振れる友人たちだ。

ぼくは椅子にもたれ掛かりながら背中を伸ばした。

「あーあ、一週間だけでいいから、世界が崩壊しないかな。あとぼくの右手に異能の力とか宿ったりして」

「さっきからネガティブ発言多いくせに、ちゃっかり中二願望ねじ込んでやがるな」

「だって二人は嫌じゃないの？」

ふぁぁ、とあくびしながら二人を見る。

廣瀬、中西、両名が同時に首を傾げ、「なにが？」と言った。

「文化祭」

「「あー」」

どうやら納得してくれたみたいだ。

明後日、一〇月一七日の金曜日は、魔の文化祭当日。考えただけで憂鬱だ。

そう。もうわかったね。クラス内ボッチはクラスに打ち解けてないから、そのテのイベントは苦手なんだ。良い子は覚えておこう。

「文化祭の準備期間とか地獄だわ。そういえば、廣瀬の所はなにやるの？」

「うち？　うちは地元の郷土史をまとめた展示。もう準備終わったぜ」

準備は楽して本番では遊び回ることを選択した訳か、廣瀬のクラスは。

「じゃあ中西のところは？」

「う、うちはミニゲーム。わ、輪投げとか電源使わないレ、レトロゲームの寄せ集め。も、もう準備も終わった」

クソ、中西の所も苦しい時間は終わったのか。

文化祭のなにが辛いって、準備期間に一致団結していくクラスメイトを輪の外から見させられることなんだ。ご存知の通り、うちのクラスはギャルの石神さんを筆頭に運動部男子連中がクラスを支配しているため、文化祭というイベント行事自体が彼らを楽しませる娯楽でしかなかった。

そんな中、ぼくはというと教室の隅でスマホをひたすらイジるという大役を任されていた。いや嘘です。誰もぼくに指示してくれないから、勝手にソシャゲやってるだけです。

「マクベスのクラスは文化祭なにやるの？」

「喫茶店だってさ」

「へえ。レベル高い女子多いから繁盛《はんじょう》しそう」

「加須浦さんとかね。彼女はぼくの天使っす」

「いやー、俺は石神さんもレベル高いと思うよ。なんてったって読者モデルやってんでしょ？　スペックがすでに超高校級じゃん」

遠くで見ている分には確かにいいかもしれないが、性格最悪だから関わるとろくなことがないんだよな。ぼくらオタクを見る目なんて、まるで生ゴミでも見ているようだもん。

「あーでも残念じゃね？　どうせならマクベスのクラス、メイド喫茶とかにすればいいのに」

加須浦さんのメイド姿、か……。

「なにそれ高ぶるっ！」

「ふ、二人ともギャ、ギャルゲのやり過ぎ」

そんな風に笑い合いながら、ぼくたちは下校時刻まで益体《やくたい》のない話に華を咲かせた。

帰り、別れ道で二人と別れ、一人になるといきなり名前を呼ばれて驚いた。振り返り、電柱の側に立っていたのは松葉杖の男。

ぼくは我が目を疑った。

「なんでお前がいる！」

だってついこの間、というか今週の月曜日に、カッコつけて、『二度と会うこともない』みたいなこと言ってたくせに、そこに御堂の姿があったんだ。あのときのぼくの感動を返せ。

「ちょっと話があるんだ。時間取れるか、間久辺」

「いいとも。じっくり聞かせてもらおうか。どの面下げてやって来たのかをね」

御堂の後に続き、人気《ひとけ》のない駐車場へやってきた。

ぼくはさっそく切り出す。

「で、ホントなにしに来た訳？」

「…………」

「グラフィティは成功。ストリートジャーナルにも掲載されて、約束は果たしたはずだよね？」

「…………」

「黙ってちゃわかんないよ」

「…………キモオタ」

カッチーン、ときた。なんだこいつ。

「おいヘタレヤンキー。こっちは約束守ったんだからそっちも守れ。ぼくにはもう干渉してくるな」

踵《きびす》を返し、御堂に背を向ける。

やはりついてくるんじゃなかった。話なんて聞くだけ無駄だ。

すると、慌てた様子で御堂は言葉を発した。

「また、描いてみる気はないか？」

進みかけた足が思わず停止する。

「ない。二度とごめんだよ」

立ち止まったのは、自分の意思をはっきり告げるためだ。

「待てよ間久辺。いまや、線引屋は町で超ホットな存在として認知され始めてる。惜しいとは思わないか？」

「だったら御堂にあげるよ、そんな名前」

「わかってねえなぁ。あれはお前の腕があったから認められたんだぜ。正直俺も、ライズビルの絵を見たときは鳥肌が立った。線引屋はお前じゃなきゃ駄目なんだよ」

まるで埒《らち》が明かないな。

「ぼくは自分の身を危険に晒してあんな無茶なことをやったんだ。リスクを冒《おか》して結果を出したんだから、そっちもぼくの努力に報いるべきだと思わない？」

「なにが望みなんだ？　言ってみろ」

「決まってる。君たち不良がぼくに関わってこないこと。それがぼくの望みだよ」

はっきりと御堂の目を見て、ぼくはそう言った。

一瞬驚いた表情になる御堂だったが、すぐに眼光鋭くこちらを睨み付けてきた。仮にも不良だということを忘れていたよ。

「がっかりだぜ。少しは骨のあるヤツだと思ってたのによ！」

「嘘だね。人のことオタクオタクってバカにしてるくせに」

「ああそうだよ。俺はお前をバカにしてた。でもな、オタクはオタクだけど、ツッパることの出来るオタクだと思って一目置いていたんだぜ。でも、それも間違いだったみたいだな」

そんなの知らない。

勝手に期待して勝手に裏切られたなんて言われても、ぼくの知ったことではない。

「付き合ってられないよ」

今度こそ、ぼくは御堂に背中を向け、歩き出した。

「お前にはあるのかよ！」

追いすがるような言葉が飛ぶ。

「誰かに認められるようなことが、グラフィティ以外にあるって言うのかよ！」

ぼくは、今度は歩みを止めなかった。

さっきは反論する言葉を持っていたから、足を止めて言い返した。

でも、ぼくにはない。

御堂の言うように、グラフィティ以外のぼくのすべてが、誰からも認められず、必要ともされていないことがわかっていたから、言い返すことが出来なかった。

いまはただ、聞こえない振りをしてこの場から逃げ出すことしか出来なかった。

2

翌日は文化祭前日ということで一日準備に割り当てられた。

だが、内装はほぼ完成しているし、客に提供するお茶や菓子の類《たぐい》は市販品を袋から出すだけなので訓練もいらない。衣装は接客担当の学生分だけ用意されていて、もちろんぼくの手元にはない。

そういう華やかな役回りというのは、クラス内カースト上位の学生のものなのだ。

いまも衣装に袖を通した男女がキャッキャとじゃれあっている。

ぼくはそれを横目で見ながら、なるべく目立たないように息を殺して教室の隅にいた。

加須浦さんのウエイトレス姿は見たいが、直視し過ぎて、また運動部連中に絡まれるのはごめんなので、大人しくゲームでもしていよう。

長い、本当に長い一日がようやく終わろうとしていた。

学校教育ってやつはもう少しボッチに対して優しくあるべきだ。こういう文化祭準備とかもそうだが、生徒の自主性を尊重し過ぎて不遇な目に遭ってる生徒がいるんだってことを理解してほしい。あれだね。好きな人同士で班作ってとか、ああいうノリはホントちょっとした殺意を教師陣に抱いちゃうもん。

もっと締め付けキボンヌ！

圧政ウェルカム！

ただまあ、それでも時間というのは体感とは裏腹に正確な時を刻み、ようやく放課後を迎えようとしていた。

教室の飾り付けなど、準備は滞《とどこお》りなく完了した。

まあ、ぼくはなにもやってないけど。

でもいいんだ。学校行事の企画、準備っていうのはリア充どもの青春イベントな訳だから、ぼくが準備に携《たずさ》わったりしたら、その青春に水を差すことになりかねない。

それがわかっているから、彼らだってゴミ捨てとかそういう雑用しかぼくに命じなかったのだろう。

ゴミ捨てから帰ると、クラスメイトたちが教室の中心に集まっている。そのときばかりは、運動部連中だけでなく普段彼らと関わりがなさそうなガリ勉組なんかも一緒になって輪を形成していた。

「せーのっ」

ん？　なにが始まるんだ。

「終わったぁーーーー！」

っ!?　始まりじゃない、終わっちゃったよコレ。

ぼくは思わずゴミ箱を抱えて扉の裏側に隠れた。

あのぉー、ぼくがいないことに誰か気付いているでしょうか？　いや、気付いていないんだろうなぁ。

かくして、文化祭の準備は終わった（らしい）。

折を見てコソーっと教室に戻るぼくは、自分でも惨めに思えたが、別にこういう迫害はいまに始まったことではないし、いいさ、気にせず帰ろう。

教室を見ると、塾通いのガリ勉連中はすでに帰り支度を済ませ、教室を出て行こうとしていた。加須浦さんの周囲も、男女含めたリア充たちが集まって和気あいあいと騒いでいる。

「これからカラオケ行くひとぉー?」

クラスの盛り上げ担当の江津が、大袈裟《おおげさ》なくらいオーバーなリアクションで聞いていた。すでに木下、能田を含めた運動部の三人は話が通っているらしく、女子を誘う気まんまんなのが下卑《げび》た笑いからうかがえた。

その視線は明らかに加須浦さん、石神さんに向いていた。まあ、クラスで華のある女子といえば彼女たちだろう。

「つーか三バカは部活いい訳?」

「石神ぃ、バカとかひどくね?」

「だって事実じゃん」

「今日は部活休みだよ。文化祭の準備で学校全体飾り付けしてあるじゃん。練習出来ないっしょ?」

木下がそう言うと、続いて能田も口を開いた。

「てな訳でどうよ? 石神、加須浦。文化祭の前夜祭ってことで一緒に盛り上がろうぜ!」

三人は必死な様子だ。

「うーん、どうする百合?」

石神さんの問いに、加須浦さんは笑顔で返した。

「冴子が行くなら、私も行くよ」

「おっしゃ決まり！」

江津がガッツポーズで言った。

「はあ？　ウチまだ行くって言ってなくない？」

「えー、石神は普通に来るっしょ？　それともモデルの仕事とか入ってたりする訳？」

そう言いながら、パシャパシャと携帯のカメラで撮影する江津。

「ああっ、ちょっと勝手に撮んなし！」

「いいじゃん減るもんじゃなし」

「減らないけど増えもしないじゃん。ウチいちおう読モなんだかんね？　撮るなら金貰うよ」

「オッケーオッケー、カラオケ代俺らで出すわ。な、だからいいっしょ？」

「しょうがないなぁ」

そう言いながら、ポーズを決める石神さん。さすがモデルをやっているだけあって、自分を魅力的に見せるテクニックを理解している。

簡易撮影会と化した教室をノリノリで歩く石神さん。

一流モデルにでもなったつもりなのだろうが、なんか見ていて痛いな。

しかし、それはあくまで蚊帳《かや》の外にいる人間の意見であって、当人たちはかなりの盛り上がりを見せていた。

まあ、確かに綺麗だけどさ。

盛り上がりが最高潮に達したとき、石神さんはファンサービスのつもりか、くるりと回ってウエイトレス衣装のスカートを翻《ひるがえ》して見せた。

クソッ、ぼくが真の主人公属性ならここでラッキースケベの一つも享受《きょうじゅ》出来たはずなのに、怖くてそっちをまともに見ることも出来ないなんて自分が情けなくなる。

もういいや、ここにいても虚《むな》しくなるだけだ。

そう思い、鞄を抱えて教室を出ていこうとしたそのとき、背後で大きな物音と、バキッという破壊音が響きわたった。

思わず振り返ると、そこには、「あ、シマシマ」——ってパンツの柄はどうでもいいだろぼく。

それよりなによりも、石神さんが転倒したことで下敷きになった板。明日の文化祭で飾る予定だった大きな看板が、真ん中で真っ二つに割れてしまっていた。

静まり返る教室。真っ先に口を開いたのは、壊してしまった張本人だった。

「だ、大丈夫！　これくらいちゃんと繋がるはずだから」

そう言いながら折れてしまった看板の裏面をテープで貼り付け固定しようと試みるが、大きい板の重みに耐えきれず、板がくっつくことはなかった。

「ど、どうしよう。あれ？　くっつかないし、なんでよ！」

かなり焦った様子で看板を直そうとする石神さん。だが、気持ちとは裏腹に木の板の折れた部分はどんどん割れていき、もはや接続すら難しくなってしまった。もうどうしようもない。それがわかったのか、彼女は先ほどまでのバカ騒ぎが嘘のように、黙りこんでしまう。

誰もなにも言わないが、一部の生徒たちから、調子に乗るからだ、とでもいうような厳しい視線が向けられる。普段クラスを引っ張っている石神さんだからこそ、一部の生徒からあまり快く思われていない部分もあるに違いない。そういう思いの丈が、イベント前日の失態に向いてしまうのは致し方ないことだろう。

まあ、こういうときばかりは蚊帳の外でいることが幸いに思える。面倒事に巻き込まれる前に逃げよう。

そーっと引き戸に手をかけたとき、背後から「待てよっ」と声が飛ぶ。

え、まさかぼくのことじゃありませんよね？

恐る恐る振り返ると、声の主である江津がこちらをキッと睨み付けていた。当然、クラスメイトの視線も自然にぼくに集まってきた。

「な、なに？」

あ、今日まともに声出したの初めてだったからすごいうわずっちゃったよ。

「おいキモオタ、なに帰ろうとしてんだよ。お前の仕事はこれからだろ？」

「……え？」

「『え？』じゃねえよ。文化祭の準備。なんの仕事もしてねえじゃん。気付いてないと思ったのかよ？」

そうか、気付いていたのか。

気付いていて、なにも言ってくれなかったのか。

「みんな仕事したんだぜ。だから、後は仕事してない間久辺に任せていいよな？」

そう言うと、折れた看板をそのままにして、江津たちは教室を出ていこうとする。それに便乗するように、厄介事に巻き込まれまいとぞろぞろと教室を出ていくクラスメイト。最後まで躊躇《ちゅうちょ》していたのは、「かわいそうだよ」と言う加須浦さんと、元凶である石神さんの二人だけだったが、それも江津の次の言葉で、無為《むい》と化した。

「大丈夫だよな？　あ？」

ぼくには頷く他に、術《すべ》がなかった。

そして、教室に一人取り残された。

静まり返った教室で、ぼくは複雑な感情に支配されていたが、いまは考えている余裕はない。時間はあまりないのだ。

うちの高校は文化祭の前日に丸一日の準備時間を取るため、完全下校時刻を延ばしての作業は禁止とされている。

他のクラスはほとんど作業を終えて帰ってしまったのか、校舎は全体が静けさに包まれている。現時刻が五時なので、部活動停止期間であることを考えると当然と言えるだろう。

ぼくに残された時間は、およそ二時間。

これまで看板の準備作業を見ている限り、数人がかりで一週間も時間がかかっていた。そのことを考えると、完成させるのは不可能に近い時間だ。

だが、投げ出す訳にはいかない。

江津たちには頭にくるが、ぼくが実際なんの仕事もしていなかったのは事実だ。やれるだけのことは、やろうと思う。

それにしても、この感覚には覚えがある。差し迫るタイムリミットに追われる感じは、あのサンライズビルでの一件を想起させた。

だからか、不思議と焦りはなかった。

二時間？　はん、そんなに猶予があるのか、と虚勢を張る。

ぼくは鞄の奥にしまっておいたナップザックを取り出した。

中には与儀さんから貰ったスプレー缶やガスマスクがそのまま入っている。

こんなものが誰かに見つかったら大変だから、部屋に置いておくことも考えた。とはいえ、うちの愚妹が部屋を荒らす可能性を否定出来ないため、取りあえず持ち歩くのが一番安全だと考えたのだ。

まさか、再び使うことになるとは思ってもいなかったが。

失敗したとき用に予備で買ってあった板を教室の奥から持ってくる。寸法はおよそ縦一メートル、横二メートル。さっき石神さんが壊してしまった物よりも一回り大きいのは、ホームセンターに手頃なサイズの物が一点しかなかったから、だそうだ。

これはかなり骨が折れるな。

ぼくは気合いを入れ直し、早速作業に取りかかる。国内メーカーのつや消し、ホワイト色を使い、まずは下地に淡い色を置いていく。

まんべんなく吹き付けることで木の板特有の凹凸を軽減させ滑らかにする、サーフェイサーのような役割を担ってくれるのだ。

こういうとき、プラモデルを作っていて良かったと痛感する。

壁面などに描くグラフィティライターにとって、壁の凹凸は作業する上で大きな障害になることがある。プラモデルを作るときに利用するサーフェイサーの概念は、グラフィティにも充分に応用が利くのだ。

そうして、合板の表面の凹凸はインクで滑らかになり、しかも淡いクリーム色で塗装したことで色を上塗りする際に下地の色が上塗りの色を映《は》えさせてくれる。

塗料が乾くのを待って、上からクリア系の青を吹き付けていく。

うちのクラスの喫茶店のコンセプトは竜宮城らしく、海をモチーフにした内装が凝《こ》っていると思う。もちろん看板もそれに合わせて青を背景に文字を描いていた。

参考までに折れた本来の看板を見てみると、青地に白い文字で喫茶店と書かれているだけで、面白味もなにもない。どうせなら、文字だってもっと海を意識した書体にすべきだろう。

そう思い、ぼくは一計を案じた。

背景のブルーが定着したところで、『喫茶店』の文字を白のフェルトペンで下書きしていく。

次にツヤのあるホワイト色のスプレーを取り出し、ノズル部分を極細《ごくぼそ》に付け替え、紙で試してみると、想像通りの線が引かれた。

よし、やってみるか。

フェルトペンで下書きした文字を囲うようにしてスプレーを吹き付けていく。本来ならある程度の距離を取って吹き付けるのが正しいやり方だが、今回は意図的に至近距離でスプレーを吹き付けた。そうすることで、極細キャップにより狭《せば》まった出口から勢いよく吹き出したインクが、至近距離で板に当たって弾けるのだ。

その様子はまさに、青い海の白い飛沫《しぶき》。

青い背景に白い泡のような文字で描かれた『喫茶店』の看板が完成したのは、作業開始から一時間もしないうちだった。

こんなものに、うちのクラスは数人がかりで一週間もかかったのかと思うと、呆れて言葉にならなかった。

いやまあ、文化祭なんて準備中も含めて遊びみたいなものだけどさ。まあ、どちらにしても完成だ。

これなら文句を言われることもないだろう。

作業が終わり、帰り支度をしていると、いきなり無遠慮《ぶえんりょ》な手つきで教室の扉が開かれ、思わずビクッと体が跳ねた。

振り向くとそこには、とっくに帰ったはずの石神さんの姿があった。手には小さなビニール袋を持ち、驚いたように目を大きく広げ、看板の方を凝視している。

「なんで、もう完成してるの？」

ハッとしたように、彼女は周囲を見渡してから、再びぼくに目を向けた。

「それ、あんた一人で？」

なにを言っているのだろう、彼女は。

他に誰かいるように見えるのだろうか？

「ぼく、一人だよ」

彼女の問いに答えた。

「一人で、完成させたよ」

それだけ言うと、ぼくは鞄を持って立ち上がる。

教室の窓を閉めながら外を見ると、いつの間にか夕日は沈み、薄暗い闇が辺りを覆いはじめていた。

「それじゃあ、ぼくは帰るから」

呆然《ぼうぜん》と立ち尽くす石神さんの脇を抜けて、教室を出ようとする。すると、彼女がぼくの腕を掴み、制止した。

「な、なにっ？」

思わずテンパってしまうぼく。カッコ悪いな。

「これ」

石神さんは、持っていたビニール袋をつき出すと、ぼくの胸元にドンとぶつけてきた。

受け取れ、ということだろう。袋を受け取り、探るように中を確認すると、ジュースやちょっとしたお菓子が数点入っていた。

なにこれ？　と目で問いかけると、彼女はぷいっと顔を背け、消え入りそうな声で言った。

「差し入れ」と。

3

「ごめん、やっぱウチ帰るわ」

「はぁー？　ここまで来てなに盛り下がること言っちゃってんの、石神」

「冴子が帰るなら私も帰るー」

「ほらぁ、石神が萎えること言うから加須浦までこんなこと言ってる。もう店の前なんだし、いまさら帰るとかないっしょ！」

江津のヤツ、やけにしつこいわね。

「行きたきゃあんたたちだけで行きなよ」

ウチはそれだけ言うと、踵《きびす》を返して元来た道を戻ろうとする。

すると、「待てって」と言って、江津が回り込んで行く手を阻《はば》んだ。しかも肩に手まで置いて、なんなのよ、いったい。

「男だけでカラオケなんて味気ねえんだよ。なあ石神、帰るなんて言わずにさ、一緒に行こうぜ、な？」

いいかげん、しつこすぎて頭にくる。

「なに気安く触れてるのよ」

睨み付けると、江津は慌てた様子で手をどかす。

ウチはそのまま、語気を強めたまま言う。

「気になんない訳？　アイツ、一人で作業してるんだよ？」

「は？　なんのことだよ……って、ああ。あのオタク君のことか。いいじゃんあんなの放っておけば。どうせいまさら足掻《あが》いたって完成しねえよ」

「はあ？　じゃあなんで一人でやらせたのよ！」

「だって、あのままじゃ石神が悪者にされてたじゃん」

「どういう意味よ？」

「だからぁ。さっき完全にクラスの空気凍りついてたじゃんって言ってんの。だから俺が機転を利かせてやったんだよ。あれで明日までに看板が完成してなかったら、間久辺のせいってことに出来るぜ」

そんなことを悪びれるでもなく、笑顔で、しかも誇らしげに言ってしまうこの男はいったいどういう神経しているんだろう。ウチには理解出来なかったし、したいとも思わない。

「帰る」

「な、お、おい意味わかんねえ！　せっかく俺が助けてやったのに」

「帰るっつってんだから、それを止める権利が江津にある？　なくない？　ねえ？」

「んー、まあないよね」

話をふられた百合は笑顔で答えた。ウチが動きやすいように合わせてくれるなんて、さすがは親友、わかってるじゃない。

「そういう訳だから、ウチら帰る。明日の打ち上げはちゃんと参加するから、じゃね」

ウチと百合は江津たちを置いてその場を離れた。

「あんまり江津君に冷たくするのはかわいそうだよ」

三人の姿が見えない所までくると、百合が呟くように言った。

「は？　さっきは江津がしつこく絡んできたからキツく言っちゃっただけよ。あいつに特別冷たくしてるつもりはないわ」

「そうだとしても、彼、嫌われたんじゃないかって落ち込んでると思うよ。明日きちんと謝った方がいいよ」

「江津がそんな繊細《せんさい》なイキモノな訳ないじゃん、百合マジウケる」

はあ、と深いため息を吐く百合。

「江津君かわいそう」

「なんなのよ、いったい」

「ああ、別にいいよ冴子はあんまり考えなくて。こんなことで気付かれたら、それこそ江津君がかわいそうかも」

？？？

まあいいや。考えなくていいことまで考える必要はない。

「それより百合。いつまでついてくる気なの？」

さっきからウチの隣を当たり前のように歩いているが、そもそも加須浦家からは正反対の方向に向かってる。

まあ、ウチの家もこっち方面じゃないけど。

「だって冴子、これから学校戻るんでしょう？」

「は？　なんでわかんのよ！」

「いや、だって向かってる方向が学校の方だし、冴子って見た目によらず真面目なところあるから」

「見た目はカンケーなくない？　それに、そもそもウチ、全然マジメじゃないし」

「でも、手伝いに行くつもりなんでしょ？」

まあ、そうだけどさ。

「あれはさすがにかわいそうだもん。間久辺君って確か美術部だから手伝ってもらうのはわかるけど、押し付けるのは違うと思う」

「うん」

言い出したのは江津だけど、止めなかったウチも悪い。

百合は間接的ではあるが、そんなウチのことを叱ってくれているのだ。

「ありがとね、百合」

「ん？　なにが？」

「なんでもない」

叱ってくれてありがとう、なんて恥ずかしくて面と向かって言えない。

「とにかく、ここからはウチ一人で平気だから」

「いいの？　だって手伝いに行くんでしょう。数は多い方がいいと思うけど」

「大丈夫。百合は自分が思っている以上に不器用だからいてもなんの役にも立たないよ」

「サラッとひどいこと言うねっ！」

「それに、間久辺ってどう考えても異性に免疫《めんえき》なくない？　いきなりウチらに囲まれたら緊張し過ぎて死ぬんじゃない？」

「あー、まー確かにそうかも。邪魔になるだけなら、行かない方がいいか。それじゃあ、冴子がんばってね」

うん、と答え、百合に見送られながら学校への道を戻る。

途中、コンビニがあったから立ち寄って飲み物とお菓子を買って持っていくことにした。

4

翌日は文化祭当日。

ウエイトレスやウエイターは一部の特権階級の役割なので、ぼくのような最下層民は完全な裏方で気楽なものだ。

登校してみると、教室内が騒然としているのがわかった。

なにかあったのだろうか。

アニソンオンリーの音楽プレイヤーをしまい、慎ましく扉を開くと、教室にはすでにクラスメイトたちが集まっていた。ざわつくクラスメイトたちの視線の先には、昨日の放課後、ぼくが完成させた喫茶店の看板が置かれている。

一人がぼくに気付くと、連鎖的にクラスの視線が集まる。昨日の放課後のやり取りを見ていた生徒が、ぼくが看板を仕上げたことに気付いたのだろう。

「なんで完成してんだよ！」

ありえねえ、と声を荒らげているのは、ぼく一人に作業を押し付けていった江津だ。

大方、完成するはずもない作業を言い渡し、それが出来てなかったらぼくを責めるつもりだったのだろうが、当てが外れて取り乱しているようだ。みっともない。

「これ、間久辺君がやったんだ。すごーい」

「折れた看板よりむしろ出来が良いんじゃない？」

そんな声がちらほら聞こえてきて、悪い気はしなかった。

普段はぼくのことなんて気にも留めないクラスメイトたちが、ぼくを認め、注目している。気恥ずかしさはあるが、それでも自分が描いた物が誉められるというのは素直に嬉しかった。

ただ一人、この状況を望んでいなかった江津だけが、苦々しい表情を浮かべながら、こちらを睨み付けていた。

看板の取り付け作業が終わり、いよいよ喫茶店がオープンした。客の入りは上々なようで、接客担当の生徒は忙しそうにしながらも、生き生きしていた。

大半は裏方なので、真面目な生徒がお茶やお菓子の用意をテキパキこなすと他の裏方担当はやることがない。

暇なので、いまやっているゲームの攻略サイトでも見ているとしよう。

教室の半分を暗幕で仕切り、バックルームとして裏方の控え室になっている部屋の隅に寄りながら、ぼくはスマホの画面に意識を向けていた。

そんなとき、「線引屋」と近くで聞き覚えのある名前が聞こえて、思わず顔を上げた。

裏方担当の仲の良い連中が、車座《くるまざ》になってスマホの画面を見ていた。

「知ってるか？　ストリートジャーナルの最新記事でライズビルが出てるんだぜ」

「うっそそれって駅前の？　超近いじゃん。でも、なんでたかがショッピングビルの改装くらいで記事になんの？　おかしくね？」

「ちっげーよ、これ読んでみ。工事中のビルの壁にグラフィティ描いたヤツがいるんだってさ」

「なんだよグラフィティって。お前の話全然わかんねえよ。ちょっと見してみ」

記事を読んでいるのか、静まり返る連中。

ぼくもその記事は読んだが、大した長さではないため、すぐに読み終わったようだ。

「なにこれ、超クールじゃね？」

「だべ？　マジやべーべ？」

ダベ・マジヤベーベ。

どこかの革命家かなにかだろうか？　と、小粋なジョークはさておき、一般学生にも線引屋の名前が浸透しつつあるようだ。

そういえば、御堂のヤツが言ってたっけ。高校生なら、だいたいがストリートジャーナルを読んでるって。

ライズビルでの一件からまだ一週間も経っていない。あのときは極度の興奮状態だったこともあって、いまとなっては現実感がない。だが、実感とは裏腹に記憶は鮮明にあのときのことを覚えている。

目が、耳が、手が、体全体がグラフィティを打つ感覚を覚えている。忘れたくても忘れられない。あの興奮を、体が忘れてくれないのだ。

だめだ、なにを考えているんだ、ぼくは。

もうグラフィティなんか関係ない。御堂にそう宣言したのは自分自身じゃないか。

やることもなくただ時間の経過を待っていると、余計なことばかり考えてしまっていけない。

その日は、一日頭の中にモヤがかかったような気分だった。

文化祭の終わりはあっけなかった。

昨今の治安悪化に伴い、一般客への開放が完全に禁止になった文化祭というのは、本当にただの学校行事という感覚でしかなく、学生たちもどこか盛り上がりに欠けたまま幕を閉じる。

それに伴い、昨年までは二日間開催していた文化祭も今年から一日だけになった。一般開放の日がなくなったことが原因だが、昨年まで二日目は土曜日の休みを潰して文化祭を開催していたため、ぼくのようなボッチにとっては普通に休めて嬉しい限りだ。

残すは後片付けだが、それは週明けの月曜日、午前中を使ってやるそうなので、それさえ終わってしまえばまた気ままなクラス内ボッチライフが戻ってくる。

接客担当や裏方として頑張っていた生徒たちにとっては、それなりに達成感のあるイベントだったのか、終わったあともなにやら盛り上がっている様子だ。

まあ、ぼくには関係のない話だ。

さっさと帰ってネトゲやろ。

ちなみに言っておくと、空気人間《エアーマン》ことぼくの隠密《おんみつ》スキルは伊達《だて》じゃない。

こういう雰囲気のときって、真っ先に帰るの難しくない？

そういう人はまだ大丈夫。意識する相手がいる証拠だから。

ぼくぐらいの手練《てだ》れになると気付いたらもうそこにいないから。ていうか誰も気にしてくれないから。

悲しくないよ、ホントだよ。

とまあ、いつも通りにエスケープを果たそうと静かに帰り支度を整えていると、意外な人物から声がかかった。

「なに、もう帰るの？」

石神冴子。その人だった。

意外というか、あり得ないことだ。

だって〝あの〟石神さんだよ。

読者モデルをやっていることを鼻にかけまくりの、傲慢高飛車性悪女《ごうまんたかびしゃしょうわる》だ。まあ、昨日差し入れ持ってきてくれたのには少し驚いたけど、それだって本《もと》を正せば彼女の尻拭いな訳だし、プラスマイナスゼロだ。

そう、ゼロ。昨日の出来事はそれでチャラになったはずなのだから、これまで通り、石神さんが話しかけてくるようなことはあり得ないのだ。

「ちょっと、聞いてるんだから答えなさいよ」

おっと、あまりの衝撃に言葉を失ってしまった。

ぼくは慌てて答えた。

「か、帰るよ。部活ないし、残ってもやることないから」

「なによ。じゃあ帰ったらやることある訳？」

ゲーム！　なんて即答出来るほど垢抜《あかぬ》けたオタクではないので、答えに窮《きゅう》してしまう。

「別に」

結果、否定的な言葉に逃げてしまった。

これが、大きな失態になるとも知らずに。

石神さんはパンと手を叩くと、言った。

「それじゃあ間久辺。これからウチら打ち上げやるんだけど、あんたも参加しなよ」

「はあっ？　なにバカなこと言ってんだよ！」

ぼくの心情を吐露《とろ》したような言葉を発したのは江津だった。

どうやら、さっきから石神さんとのやり取りを聞いていたらしい。

「石神、お前さぁ、昨日からどうしたんだよ？」

「別にどうもしないわ。いつも通りよ」

「お前がそこのオタクに絡むのの、どこがいつも通りなんだよ。打ち上げは仲間内だけでやろうって話しただろう！　俺らに断りもなく部外者入れるとか、ヒドイんじゃねえの？」

感情的になったことで、自然と声が大きくなる江津。

いつの間にか、騒がしかったはずのクラスメイトたちは異変に気付いて静まり返っていた。

「ちょっと、どうかしたぁ？」

おっと、クラスの天使、加須浦さんの降臨だ。

彼女が間に入るだけで、感情むき出しだった江津も若干だが冷静になったのか、気恥ずかしそうに目を逸らした。

「ふむふむ。間久辺君を打ち上げに、ね？　別にいいんじゃないの？　クラスメイトなんだし、参加したっておかしくないよ」

加須浦さんがそう言うと、江津の仲間の能田が黙っていなかった。

「でも、さっき江津も言ったけど、今回はクラスっていうより仲の良い連中で行こうって話だったじゃん。それなら、間久辺は入らないだろう」

いつの間にか話に加わった能田もその打ち上げに参加するメンバーなのだろう。側には運動部三人組の一人、木下の姿もあった。

「わかった。じゃあいいわ」

石神さんは、決然とそう言った。

「間久辺が来ないなら、ウチも今日の打ち上げ行かない」

「そっかあ。残念だけど、そうなったら私も行くの遠慮しないと。だって私、冴子とは仲良しだけど、江津君たちとは冴子抜きで遊びに行くほど仲良くないもんね」

グッと言葉をのむ三人組。クラスの華である二人が参加しないという事態は避《さ》けたいのか、諦めたように頷いた。

しかし、そんな中で江津のぼくを見る目だけは相変わらず鋭いままだった。

あのぉー、すみません。

ぼくの意思、まったく無視されてるんですけど。

5

なんだろうこの状況。

ぼくたちは夕暮れの下校路を並んで歩いていた。

隣では石神さんが黙々と。その向こう側を加須浦さん。

少し前を歩く能田と木下が時々振り返ってくるが、その顔はバツが悪そうに曇っている。

江津はぼくたちの後ろを黙って歩いているため表情まではわからないが、こちらを睨んでいることだけははっきりとわかった。ぼくの小動物センサーが、後頭部に鋭い視線をビンビン感じている。

ほんと、なんだろうこの状況。

断っておくが、もちろんぼくは石神さんの誘いを断ろうとした。だって当たり前だろう。彼らと打ち上げなんて行っても楽しいはずがないのだから。

しかしながら、ぼくが行かなければ石神さんは参加しないと言い出すし、そうなったら加須浦さんも行かないとのたまう始末。その状況で、「家でネトゲやるから帰ります♪」なんて言えるほどぼくのハートはタフではないのだ。

どこに行くのか聞くに聞けず、ただ彼らに黙ってついていく。売られていく子牛くらい不安な気分だ。

次第に駅が近づくにつれ、人の往来も多くなってくる。

なんとなく予想していたが、遊ぶならどこに行くにしても駅を通ることになる。隣街で遊ぶにしても、手近で遊ぶにしても、駅が基点となるのはわかりきっていた。

そうなると、学校から駅に向かう途中で必然的に通ることになるサンライズビル。つい先日、ぼくが線引屋としてグラフィティを打った場所だ。数日が経ったいまは、そのグラフィティは大きな布で隠されてしまっているが、ビルのすぐ脇の通りには、グラフィティを一目見ようとする野次馬らしき若者たちで溢れていた。つくづく、ストリートジャーナルというウェブサイトの影響力が絶大だということがわかる。

「すごい人だかりね。なにかあったのかしら?」

石神さんがなんとなしにそう言った。

すると、大袈裟なくらい驚いた加須浦さんが答える。

「冴子ってば、まだストジャ見てないのっ？　遅れ過ぎてもう情報収集能力が昭和レベルだよ。うちのおじいちゃんみたい」

なにげにヒドイな、加須浦さん。

「うっさいなぁ。前にも言ったけど、ああいう俗っぽい情報サイトとか興味ないんだって」

「それでも、線引屋さんのことは知っておくべきだよ。ホントすごいんだから」

ほら、と言って石神さんに向けられたスマホ画面。ちらりと見えたその画面には、確かにぼくが描いた鍛島の似顔絵があった。

加須浦さんにまで知られていたのか。

そんな風にボーッと画面を見ていると、視線に気付いたのか、加須浦さんがこちらを見返してきた。

「ねえ、間久辺君も知ってるよね？　グラフィティライターの線引屋さんのこと」

うわ、なんて答えたらいいんだろうこの質問。

ぼくが本人です、なんて口が裂けても言えるはずないし、かと言って知らないフリをすると、不自然さが出てしまうかもしれない。ビルの前の人だかりを見て驚かなかった時点で、少なくとも線引屋のことを知っている証拠なのだから。

だからぼくは、「一応」とだけ答えておいた。

「ほらぁー、間久辺君も知ってるって。冴子おっくれってるー」

茶化すような言動にカチンときたのか、石神さんは眉間にシワを寄せ渋面をつくった。美人な分、不機嫌な表情に迫力があるな。

駅までやってくると、全員でトイレに入り服を着替えはじめた。

「あの、ぼく着替えなんてないんですけど」

「ああ？　そんなもん、ブレザー脱いでネクタイ外せば大丈夫だよ」

言われるまま、ぼくは上着を脱いでネクタイを外し、駅のコインロッカーにしまった。幸い、学生鞄ではなかったので、荷物だけは持って行くことにした。

少し遅れて女子トイレから出てきた石神さんと加須浦さん。

モデルをやっている石神さんは言うまでもないが、加須浦さんの私服姿もまた似合っていて新鮮な感じがした。

石神さんは、自分の服装を見せつけるように一回転すると、ポーズを決めた。

「これ、前に雑誌の企画で『夜遊びコーデ』やったときに着て、気に入ってたヤツなんだ。なかなか着る機会なかったんだよね。このブラックワンピ、どうよ？」

自慢げに黒のワンピースを見せつける石神さん。

タイトなつくりで、体の線がはっきりと見える上に、丈は短めで太もも近くまで出ていて、しかも胸元もかなり開いている。高校生とは思えない体つきをまじまじ眺めた木下と能田は、「エロ」「エロい」と小さな声で呟く。

さらにその向こうでは、恍惚《こうこつ》とした表情の江津が、「……フェチズム」と訳のわからないことを言っていた。

「あ？」

表情が強張《こわば》る石神さん。変態男子共の心の声が聞こえてしまったのだろう。

江津は慌てて、「フェミニン、マジでフェミニン!」と、さらに訳のわからない言い訳をしていた。

次に登場した加須浦さんの、デニムのパンツにダッフルコート姿に対して、「エロくない」「露出度低くね?」と散々身勝手なことを吐き散らす二人。聞こえないと思って好き勝手言いやがって。江津に至っては、「がっかりだぜ」とか言っちゃう始末。

「ん?」

さすがに彼女にも聞こえてしまったのだろう。

可愛く小首を傾げた加須浦さんに対し、江津はすぐに、「ガーリーだね。めっちゃガーリー!」と再び意味不明なことを口にしていた。

しかし、いよいよもってどこに向かうのか気になってきた。

制服では入れない場所というだけで、なんだか恐ろしい。

駅の東口から街に出て、飲み屋などが立ち並ぶ歓楽街《かんらくがい》へと入っていく。

さらに奥に進むと、女性や男性と相席しながら飲むような店が散見し出した。いわゆるキャバクラやホストクラブと呼ばれる店だ。

ホント、どこに行く気なんだろう。

戦々恐々《せんせんきょうきょう》後について歩くと、そこから一〇〇メートルほど進んだ先、光るネオンの看板の前で

江津が立ち止まった。

看板には『モスキート』と書かれており、階段を降りて行った地下に店が構えられているのがわかる。

江津は得意気に「ここだ」と言って、階段を降りて行く。

え、まさかここに入るの？

だってここ、どう見ても高校生が入っていい場所じゃないよ。

あたふたしているぼくを他所に、他の四人は江津について行ってしまう。

ちょっと、マジですか？

仕方なく最後尾につくと、彼らと一緒に店に入る。

入り口で年齢確認されたが、江津たち三人組が保険証やレンタルビデオ店の会員証を差し出した。ちらりと見えたが、それらのＩＤに書かれていた生年月日はぼくより四つも上だった。

ぼくと石神さん、加須浦さんは身分証明書がなかったが、三人組が、ぼくたちも同い年だからと言って半ば強引に店の中に入れた。

金を払ってチケットを買い、入ったそこは世に言うクラブという場所だった。

腹の底に響いてくるような大音量の音楽が流れ、薄暗い店内にカラフルなレーザーの光が飛び交っている。

狂ったように踊る客もいれば、異性同士で体を寄せ合いながらゆらゆら揺れているような客の姿も見られる。

あまりに慣れない環境に戸惑いを隠せずにいるぼくたちを前に、江津は先ほどの年齢確認で使った保険証をヒラヒラかざすと、それが自分の兄のものであることを明かした。

「兄貴に頼んだら貸してくれたんだ。あと店のチケットにワンドリンク付いてるから、飲み物頼めるぜ。もちろん、アルコールも」

「冗談でしょ？　だいたいウチも百合も、年確あるような店だなんて聞いてないんだけど」

「はあ？　打ち上げで酒もないとか白けるじゃん。俺、普段からハイボールとか飲んでっからね」

そんな見え透《す》いた嘘はどうでもいい。

ぼくはたまらず言った。

「だけど、ぼくたち未成年だよ」

「ああ？　テメエなに言ってんだこら！　お呼びじゃねえヤツがしゃしゃって意見してんじゃねえよ！」

余程ぼくは嫌われているらしい。あまりの剣幕に、それ以上なにも言えなくなった。

腰が引けたぼくの意見を代弁するように一歩前に出る石神さん。

「ウチも間久辺に賛成。こういう場所には興味あるから帰ったりはしないけど、あたしたち酒は絶対飲まないから」

意外なことに、石神さんがぼくの肩を持ってくれる。

すると、ギリッとこっちにまで聞こえてきそうなほど奥歯を噛み、江津は「勝手にしろ！」と言った。

今日の江津はいつになく機嫌が悪いようだった。

まあ、原因は明白だ。江津の機嫌が悪くなっている場面にはいつも石神さんが関わっているのだ。しかも、だいたいがぼくと石神さんが関わっている場面で不機嫌になっている。となれば、理由なんてはっきりしている。

青春だなぁ、ホント。青い春を演じてくれるのは大いに結構なんだけど、それにぼくを巻き込むのは止《や》めてほしいよ。

そんな風に思いながら、ぼくは石神さんを見た。

彼女は、不機嫌になった江津が理解出来ないというように首を傾げ視線を逸らす。すると、偶然にもぼくと目が合った。

「ん、なによ？」

「や、別に」

そう言ってすぐに視線を逸らしたぼくだったが、勇気を出してもう一度彼女と目を合わせてみることにした。どうしても聞いておきたいことがあったのだ。

「ねえ石神さん。どうして今日、ぼくを打ち上げに誘ったの？　まさか新手の嫌がらせ？」

「失礼ね。ウチらと遊ぶことのどこが嫌がらせなのよ」

いやこの状況、どう考えても罰ゲームだ。

心労のあまり胃に風穴が開きそうだよ。

「真面目な話するとね、看板のことでお礼、言ってなかったじゃない。だから」

それまでぼくの目を見ていた石神さんは、うつむき加減にこう言った。音楽の音にかき消されそうな声で「ありがと」、と。

あの石神さんがぼくにお礼を？

愕然《がくぜん》とするぼくに、石神さんは照れ隠しのつもりなのかドンと体を押してきた。フラッと体勢を崩したぼくは、そのせいで人にぶつかってしまう。

相手も周囲に注意していなかったのか、まともにぶつかってなにかを落としたような音がした。

「す、すみません」

ぼくは慌てて落ちた物を拾う。

それは松葉杖だった。

え、これって？

ハッとして顔を上げると、そこには最近やたらと姿を見せる御堂の姿があった。

御堂の周囲には大勢の、見るからに柄の悪そうな若者が集まっている。意外だったのは、その中心人物が御堂であるということ。

つい先日まで、裏切り者として千葉連合から目をつけられていたとは思えない光景だ。

「おやおやこれは間久辺じゃないか。〝一般人〟のお前が、こんな場所でなにやってるのかな」

気取ったようなセリフ。しかも、やけに一部が強調されていたようだが、気にせず話を進めよう。

「そういう御堂はどうしてここに？　まさか、ぼくを追って」

「勘違いすんな。俺らはここの常連なんだよ。そうだ、お前も招待してやるよ。友達も一緒に連れてきな」

クラスでは怖いものなしな運動部三人組も、本物の不良の前では大人しい。御堂とぼくの関係が気になっている様子だが、下手に話しかけていいものかわからず黙っているといった感じだ。

そうして通されたのは、クラブの中に特別に用意された部屋。ＶＩＰルームというやつだろう。

部屋の中は高級そうなソファに専属のバーテン、壁に埋め込まれているガラスはマジックミラーになっていて、会場が一望出来る。もちろん、一般客の方から部屋の中を見ることは出来ない。見れば見るほど、すごい部屋だ。

さっきまで大人しくなっていたクラスメイトたちも、はしゃいだ様子で鏡に張り付いてダンスホールを見下ろしていた。

わからないのは、どうして御堂なんかが、こんな特別待遇を受けているかということだ。

御堂は机を挟んで向かい側のソファにどっかり腰を下ろす。

「不思議そうだな。これでも俺は、鍛島さんに認められてマサムネの幹部に取り立てられたんだぜ。こいつらは俺の部下だ」

取り巻きの不良連中を指してそう言った御堂。完全に調子に乗ってやがるな、ヘタレヤンキーのくせに。

思わず嫌味の一つも言ってやりたくなって、ぼくは口を開く。

「鍛島さんが認めたのは御堂じゃなくて〝線引屋〟だろう」

「だったらどうした。仮にそうだったとして、ただのオタクのお前には関係ないことだろう？」

ニヤニヤと、張り付けたような笑みで御堂は答えた。

確かにそうだ、ぼくには関係ない。不良との接点を断ち切ることを望んだのは誰でもない、ぼく自身なのだから。

思わず黙りこんだぼくを見て、御堂はスッと右手をあげた。すると、周囲を取り囲むように控えていた不良たちが、ぞろぞろと部屋の外へ出ていく。その流れで、ぼくと一緒に来ていた加須浦さん、石神さん、それに三人組も一緒に退室させられる。

「どういうつもりだよ？　みんなを出て行かせたりして」

「そろそろ、良い頃合いじゃないかと思ってな」

御堂の言葉の意味がわからず、ぼくは首を傾げた。

「間久辺、もう一度だけ聞く。俺と組む気はないか？」

「その話なら前に断ったはずだよ」

「本当にそれでいいのか？　あの日、お前はグラフィティを描いてなにを感じたんだよ。本当にただ苦痛なだけだったのか？」

言葉が出てこなかった。

あの日、ライズビルに向かいながら、どうして自分がこんな目に遭わなければならないのかとずっと考えていた。こんなのは嫌だ、早く終わりにしたい、と。

だが、御堂や与儀さんと一緒に過ごした時間は、決して苦痛な時間ではなかった。いやむしろ、その逆だったかもしれない。

そして、いざ実際に壁を前にして、絵を描き始めると、それまで感じていた不安や戸惑いはどこかへ消え、ただ一つの感情に心と体が支配されていた。

描きたい。そして、グラフィティを完成させたい。

気が付くとぼくは、一心不乱にスプレー缶を握っていたのだ。

そう、もうわかっていた。

昨日、看板を描いているときに感じていた物足りなさ。ライズビルで感じた高揚感とは比較にならないほど退屈な作業。

ぼくはグラフィティに魅了されているのだ。

こんな風に感じるなんて、ぼくはどうかしてしまったのかもしれない。それでも、感情に嘘はつけなかった。

「その目、覚悟は決まったみたいだな」

「……だけど、ぼくは不良になるつもりはないよ」

「わかっているさ。俺が求めているのは、線引屋という腕利きのライターだ。それ以上でも以下でもねえよ」

言葉と同時に、御堂は机の上になにかを放り投げた。

ぼくの前まで来て止まったそれは、なにかの紙の束のようだった。

手に取ってみると、それは一枚一枚がステッカーになっていて、『HELLO my name is』と印刷されたそのすぐ下部に『線引屋』とタグが打たれていた。独特な文字のタッチ。このデザインは紛れもなくグラフィティだ。

「これは?」

「ああ。間久辺のために与儀さんが用意してくれたんだ。本当はもっと早く渡すつもりだったんだが、お前がもうグラフィティをやらないとかウジウジ言い出すんで、渡すタイミング逃しちまってよ」

「これ、与儀さんが作ってくれたんだ」

「そうだ。必ずお前はライターとして戻ってくるはずだから、そうなったら必要になるだろうって彼女が用意したんだ。プロのライターであるCAGA丸が自ら、デザインしたタグだぜ。出来はどうだよ?」

言うまでもない、最高だ。

そのタグステッカーは、文字通り自己主張のために壁などに貼り付けるものだと御堂から説明があった。人目が多くてタグを打てないような場所でも、ステッカーなら一瞬の隙をついて張り付けることも可能だろう。

ぼくはステッカーを受け取った。

それは言葉にしないが、御堂の要求を受け入れることを意味していた。

ぼくは不良とは決して相容れないオタクだが、同時にグラフィティライターであることを選んだ。

用件が済むと、すぐにぼくたちの間を沈黙が支配した。

当たり前だが、不良とオタクの間に共通の話題など皆無だ。日常会話など盛り上がるはずもない。

それに、別に御堂と仲良くなる必要なんてない。ぼくたちはあくまでも、協力関係にあるだけなのだから。

「さてと。そろそろ、ぼくは友達の所に合流するよ」

「…………」

「あーはいはい嘘です、見栄はりました。ただのクラスメイトです！」

ぼくに友達がいたら悪いのかチクショウ。

「じゃあね」

立ち上がり、ぼくは受け取ったステッカーをカバンにしまうと、ＶＩＰルームを後にした。部屋を出る間際《まぎわ》、くつくつと笑う御堂の声が聞こえた。

部屋の外には、先ほど部屋から出ていった不良たちがぞろぞろと控えていた。

御堂の前では大人しくしていても所詮は不良と言うべきか、石神さんと加須浦さん、二人を取り囲むようにしてアプローチをかけている。

興味なさげな石神さんは、そういうナンパには慣れているのか軽くあしらう。対照的に加須浦さんは不良たちの言葉一つ一つに律儀に答えていて、石神さんにあしらわれた連中も彼女の方へ流れていった。

ホント、誰に対しても優しい天使みたいな女の子だ、加須浦さんは。

それに引き換え石神さんときたら、さっきからスマホをいじっていたかと思うと、飽きたのか手鏡を取りだし、自分の顔をいろいろな角度から見るという謎な遊びに興じていた。

御堂くらい面白い顔ならそれも娯楽として成立するだろうが、なまじ整った顔の彼女がやっていると、自分大好きナルシストにしか見えない。

ぼく、そういう女子嫌だわー。

パタンと手鏡をたたんだ石神さんは、さすがに見かねたのか、加須浦さんの方に寄って行った。そろそろ助け船を出すつもりなのだろう。頑張れ、石神さん！

「え、線引屋さんがですかっ？」

加須浦さんのすっとんきょうな声に、石神さんの足が止まる。

「本当なんですか？　あなたたちが、線引屋さんとお知り合いだって」

不良たちが肯定的に頷く。

あれ？　ぼくこの人たちと会ったことないんだけど。

「えー、ちょっとヤダ私ファンなんですどうしよう！」

なんだか加須浦さんの目がキラキラしていた。

確かに、教室なんかでよくストリートジャーナルの話をしているのを耳にしていたが、まさかここまでミーハーだとは思わなかった。愛すべき美点だね。

加須浦さんが楽しそうなのを見届けると、オカンみたいな笑みを浮かべる石神さん。普段は傍《ぼう》若無人《じゃくぶじん》な彼女も、加須浦さんのこととなると態度が一変、友達思いな女子高生に変わる。普段は悪魔的ギャルなのだが。

話が盛り上がっているのを邪魔しないためか、踵《きびす》を返し加須浦さんの側から離れていく石神さんは、そのままダンスホールの方へ姿を消してしまった。

運動部三人組は、不良たちが怖いのか結構離れた場所に立っていたが、石神さんが不良たちから離れたのを江津が見逃さず、そっと彼女について行こうとする。

去り際、能田と木下に向けて親指を立てた江津。決めてくるぜ、と動作が物語っていた。

いやぁ、相変わらず青春してますなぁ。

ひるがえって、ぼくはというと相変わらずのボッチ補正によりこれだけ人間が集まっていても孤独に佇んでいた。

さて、いよいよもって本当に、ぼくはどうしてこの場所に存在しているのだろう。そんな哲学に酔いしれていると、なにやら不良たちの集団の中で話が盛り上がったらしい。ざわつきが大きくなる。そのなかでも一際大きな声が、加須浦さんだった。

「え、線引屋さんに会わせてもらえるんですかっ？」

なに言ってるのあいつら。ぼくはここにいるのに、そんなの無理でしょう。

だが、加須浦さんの言葉に、うん、と頷く不良たち。

そして、不良たちは下卑た笑いを浮かべながら、加須浦さんの体にベタベタと触りはじめ、『仲良くしよう』『コミュニケーションだ』『会わせてあげるから外行こう』など、明らかに下心見え見えの嘘をついていた。

そんなものに騙されるほど、彼女だって世間知らずじゃ――

「うん、わかった！」

たっはー、駄目だこりゃ。

いまの彼女の目は完全に曇っている。

このままだと、彼女が狼たちに食べられてしまう！

慌ててＶＩＰルームに引き返すぼく。

いきなり扉を開けたので、御堂はたいそう驚いていた。

「な、なんだよいきなり」

「それはこっちの台詞だ！　なんなんだよ御堂の部下たちっ」

「あいつらがどうした？　腕っぷしだけは強くて頭の回転がチンパンジー並みの連中を集めたんだが」

「そのチンパンジーに、天使が堕天使にされそうなんだ。狼から赤ずきんちゃんを助けないと！」

「接点が見えねえし、登場人物が多すぎて意味わかんねえ」

「ぼくもだよっ！」

そんなくだらない言い合いをしながらも、ぼくは慌ててカバンの中身をさらい、一番奥にしまっておいたガスマスクを取り出す。要するに、加須浦さんは線引屋が見られればそれで満足なのだ。だったら簡単に叶えられる。

ドクロを模したマスクをかぶると、ぼくはすぐに部屋を出て行こうとする。待ってて加須浦さん、いまぼくが助けるよ！

「おいおいおいおいおいっ！」

かなり焦った様子で御堂が止めてくる。

なんだよ、いま忙しいのに。

「お前バカなのか？　いくらガスマスクしていたとしても、その服で出て行ったら一目で正体バレるだろうが」

自分の姿を見て、確かにそれは盲点だったと反省。どうしよう。

「ああもう、なんだかわかんねえけど、これでも着て行けっ」

御堂はそう言うと、自分が着ていたものだろうか、ロングコートを貸してくれた。

「ありがとう。今日ほど御堂が頼りに見えたことはないよ」

「もっとあるだろ、俺が頼りに見えた場面！」

聞こえないフリをして、ぼくは部屋を飛び出した。

待ってろ加須浦さん、いま助ける！

6

百合が自分の世界に入ってしまったので、ウチは取りあえず邪魔しないように離れていることにする。ヤンキーのナンパもウザかったし、少し一人になりたかった。

ダンスホールへと降りると、いま流れているテクノポップ調の音楽に合わせて踊る人の群れを眺めた。

体全身に響くような大音量の音楽のせいで、思わず縦ノリでウチまで踊り出してしまいそうになる。一人で来てたら、もしかしたら羞恥心《しゅうちしん》なんて忘れて踊っていたかもしれない。だけど、すぐに後を追ってきた江津に声をかけられ、クールが売りのウチのキャラをなんとか保《たも》つことが出来た。

「なあ石神、楽しんでるか？」

「え？　ええ。こういう空気感、好きだわ」

「そっか、お前が楽しいなら良かったぜ。兄貴にＩＤ借りて正解だったわ」

ああ、そういうことね。

「ウチのために、わざわざありがとね」

そう言ってやると、嬉しそうにはにかむ江津。

要するに、自分の功績を認めてもらいたい訳ね。

まあ、楽しんでいるのは事実だから少しくらいリップサービスしてもいいでしょう。ウチってばやっさしぃ。

「飲み物でも取ってこようか？」

なんだかやけにテンションが高くなった江津は、興奮を抑えるように、キザに決めようとしてくる。

ぷ、くくく、似合わない、笑い堪《こら》えるのに必死よ、もう。

ウチはこくこくと頷くことで、さっさと江津がこの場から離れてくれるのを待った。

歩き出した江津を見て、思い出してウチは言う。

「あ、一応言っとくけどノンアルコールね」

少しの沈黙の後、了解、と言って江津はその場を後にした。

あいつ、ウチを酔わせるつもりだったな。

そうして訪れる束の間の一人の時間。

一人……ボッチ……あ、そうだ、間久辺！

あいつのことすっかり忘れてた。看板のことでお礼がしたかったのに、変なヤンキーたちの登場ですっかり忘れていたわ。

まだ、さっきの派手な部屋にいるのかしら？

江津には悪いけど、一旦戻ろうかな。

そう思って壁際から離れると、「おっと」と男性とぶつかる。

いや、正確にはぶつかってきたというのが正しい。

「ごめんなさい」

一応の礼儀として謝り、すぐに歩き出す。これだけ人混みが激しければ、多少のボディタッチくらい許そう。ウチだってそこまでお高くとまっているつもりはない。

だけど、男はウチの腕を掴むと、強引に引き寄せた。

「っ、ちょっとなによ！」

言葉を強めて抗議の色を示すが、男はへらへら笑っていて、まるで聞いていないようだった。

「お姉ちゃん可愛いねぇ。なに？　一人？」

「関係ないでしょ！　離しなさいよ！」

「おうおう強気だねえ。さすが、〝マサムネ〟と関わりのある女」

はあ？

こいつなに言ってんの？

「マサムネって誰よ、そんなヤツ知らないっつの！」

「そうやってしらを切るんだ。でもお兄さんたちは騙されませんよー」

お兄さん〝たち〟？

気付くと、ウチを取り囲むようにして五人の黒い服を着た男たちが立っていた。

さすがに、これはちょっと……怖い。助けを呼ばないと。

ウチがスーっと息を吸い込んだところで、ぐるりと周囲を見渡した男が口を開く。

「大声出す？　でも、どうせ聞こえないよ、この大音量の中じゃあ」

ウチも助けを求めようと辺りを見たけど、みんな踊ることに夢中でこっちのことなど気にも留めていない。それどころか、きっとウチも周りから見たら男たちと踊っているように見えているのかもしれない。

「さぁーて、お姉ちゃんには悪いけど人質になってもらうよ。俺たち〝黒煙団《ブラックスモーカー》〟のね」

なによそれ、マジで意味わかんないんですけど。

そのとき、遠くでグラスを二つ持ちながら、こっちに向かって歩いてくる江津の姿を発見する。

良かった、来てくれた。

お願い、助けて。

そう目で合図したはずなのに、あいつは視線を外すと、それまでこっちに向かっていたはずの歩みを止め、反転して行ってしまう。

いや、待って！

どうして行っちゃうのよ！

誰か助けてよ！

7

いま助ける！

そう意気込んで部屋を飛び出したぼくは、あれ、これ完全に変質者じゃない？　と冷静に自らの出で立ちを省《かえり》みた。

下に着ている服を隠すためにロングコートのボタンをすべて留め、勢いで持ち出したスプレーインクを一本持ちながら、ドクロを模したガスマスクをかぶった男。

ヤバイ、これ完全にヘンタイさんだ。

しかしながら、怯《ひる》んでいる訳にもいかず、ぼくは意を決して行動を起こした。躊躇している間にも、加須浦さんの貞操《ていそう》が脅《おびや》かされかねない。この姿のまま、ぼくは不良連中の側に寄って行った。

すると、一人がぼくの存在に気付き「おわっ！」と大げさなくらい驚くと、そこにいた全員の視線が集まってくる。

「線引屋だ！」「これがマジモンの」「どうしてここに？」

各々が思い思いの言葉を口にしていた。

「そうか、御堂さんが呼び出したんだ。『線引屋は俺の舎弟《しゃてい》だ』って自慢してたもんな。本当だったのか」

……ふむ、御堂とは今度ゆっくり話し合うとして、いまは加須浦さんを助けるのが先決だ。

ぼくは不良たちに一歩近づく。

長年のヘタレ根性のせいで体が震えてチビっちゃいそうだ。

それでも怯むことなく進むと、不良たちの群れがぼくを避《さ》けるように遠退《とおの》いていく。

やがて加須浦さんの目の前までやってくると、ぼくは彼女の肩に手を置き、グッと引き寄せて不良たちに見せつけた。

「「「なっ⁉」」」

不良たちは驚いた様子でぼくを見る。それは急に現れたよそ者に、獲物を奪って行かれたときの肉食獣のように鋭い眼光だった。

ヤバイ、ヤバイよこれ。ぼく殺されるんじゃないの？

そんな恐怖におののいていると、「そういうことだ」というセリフとともに、奥の廊下から松葉杖をついた御堂が現れた。

さっきまで不良然とした態度だった連中は、御堂を前にしてまるで統率のとれた軍隊のように姿勢を正す。

教育が行き届いているんだな、マサムネという不良グループは。

「お前ら、その女は線引屋のお気に入りだ。手ぇ出すんじゃねえぞ」

「し、しかし」

「あ？　口答えする気か？　良い度胸だ。そこの線引屋がウチらのリーダー、鍜島さんに目ぇかけられてること知ってて言うんだな？」

その脅しは必要以上に効果を発揮したのか、それきり反抗的な態度を向けるヤツらはいなくなった。

「あ、あの！」

気まずい沈黙を破ったのは、ぼくのすぐ隣にいた加須浦さんだった。いったいこの状況でなにを言う気だろう？

「サ、サインもらえませんか？」

疑問に思っていると、そんな場違いなことを言い出した。

「あっはは、こりゃ大物だわっ」

腹を抱えて笑う御堂。

「でもあんた、悪いね。ウチの線引屋はそういうのお断りなんだ。もし近づきたいなら、個人的にアプローチするんだな」

御堂はそのとき、ぼくにだけわかるように目配せした。

恐らくここから消えろ、という合図だろう。

ぼくは素直にそれに従うことにする。もしもこんなことで正体がバレたらバカらしい。

御堂とすれ違う瞬間、ボソッと「外まで出ろ」と言われる。

「……まさか、見るからに冴えないオタクのお前が線引屋だなんて誰も思わないだろうが、マスクを外す所を見られたら話は別だ。いいな?」

ぼくはコクンと頷き、VIPルームへ続く廊下を通りすぎてダンスホールの方まで出ていった。

途中、能田と木下の二人が廊下で駄弁《だべ》っていて、こっちを見るなりギョッとした目を向けてきたが、それを無視して歩き去る。

ダンスホールの喧騒《けんそう》は凄まじく、いまのぼくの姿を見てもそれほど騒ぎになりそうもなかった。

みんなハイになっていて、他人など気にならないのだろう。

だが、こうも人が多いとさすがにここでマスクを外す訳にもいかない。仕方ない、外に出るか。

クラブという場所はよく知らないが、どうやら入場の際にチケットを買い、すでに年齢確認も済ませているので退店するのはそう難しくないようだ。裏口にある出口専用の扉にはスタッフも控えていなかったのでそこからぼくは外に出る。

入口正面の大通りに比べ、裏口の通りは薄暗くて人の往来などほとんどない。

店を出たはずなのに、いまだに頭の奥の方でガンガンと音楽が鳴り響いているような錯覚に襲われる。

なんだか息苦しいな。そう思い、マスクを外してロングコートのポケットに入らないか試してみる。まあ、入らないわな。

そのとき、ポケットの中でなにかが手に触れた。

それを取り出してみると、中には先ほど御堂から渡されたステッカーが一枚だけ入っていた。恐らく、ぼくに渡すために取り出そうとして、一枚だけ残ってしまったのだろう。

そんなことよりも、いまはこの邪魔なマスクをなんとかしないと。そう思って試行錯誤《しこうさくご》していると、視界の隅で動く気配を感じてぼくは息をのんだ。

まさか、見られた？

恐る恐る顔を上げて確認すると、そこには最も見られたくない相手でもある、江津が立っていた。

どうしよう、見られた？

そんな不安に一瞬襲われたが、どうやら杞憂《きゆう》だったらしい。

江津の視線は、明らかにぼくとは違う方向を向いている。

それにしても、やけに熱心に見ているな。

ぼくも視線をたどってその方向を見て、思わず言葉が漏れた。

「な！」

数人の男が、暴れる石神さんを無理矢理車に押し込め、いまにも走りだそうとエンジンを吹かせている。

気付くとぼくは、体が動いていた。

暴れる石神さんの様子からして、あれは誘拐かなにかだ。

このまま逃がす訳にはいかない。

ぼくの手だけが辛うじて車体に触れたが、その瞬間、急発進した黒塗りのワゴン車は猛スピードで走り去ってしまう。

ナンバープレート！

慌てて読み取ろうとしたが、スピードに乗って走る上に、意図的に折り曲げられたとしか思えない角度のせいで、まともに見ることが出来なかった。

完全に車が走り去る。

「ま、間久辺……」

その場に立ち尽くしていた江津は、普段の傲岸《ごうがん》不遜《ふそん》な態度が嘘のように、震える声で言った。

「い、石神が変なヤツらに……」

「見ればわかるよ。それで、なんで助けなかったの？」

「いや、だって、あいつらまともじゃない。俺、なにも出来なくて」

「なに言ってるのさ、近くで見ていたじゃないか。好きなんだろう、彼女のことが！　だったらどうしてっ！」

言いかけて、ぼくは気付いた。

江津は、普段のぼくからは想像出来ない剣幕で詰め寄られ、動揺していた。あるいは、石神さんをさらった連中がよほど怖かったのかもしれない。要するに、怯えてなにも出来なかったということなのだろう。

だが、そんな恐ろしい連中に、石神さんはさらわれてしまったのだ。どれだけ怖い思いをしているか、想像もつかない。

それなのに、江津は彼女がさらわれる様《さま》を、ただ怯えて見ていることしかしなかったのだ。

ぼくは一般人だ。不良じゃないし、それどころか江津たちが普段言うように、キモいオタクかもしれない。だけど、友達が目の前で危険な目にあっているのに、それを見て見ぬふりすることの方が、ずっと気持ち悪いことだと思う。

「ああ、そうか。そうだったね」

ぼくは納得していた。

「見て見ぬふりは、君たちの得意技だ」

昨日が良い例だ。ぼく一人に作業を押し付けて、誰も手伝おうともしないクラス。そんな連中に、いったいなにを期待しているんだ、ぼくは。

江津に背を向けたぼくは、スマホを取り出す。

「お、おい、なにするつもりだよ？」

「決まってる。警察に通報するのさ」

「ま、待てよ」

そう言ってぼくの手をつかんで止めてくる江津。

「急がないと、石神さんが危ないかもしれないんだよ！」

「で、でも警察は……だって、なんて説明するつもりだよ。俺たち、高校生でクラブなんかに入ってたんだぜ？　もしこのことが学校にバレたら」

「っ！　そんなこと言ってる場合じゃないだろう！」

「うるせえ、テメエみてぇになんも背負ってねえヤツは気楽でいいよ。俺はな、強豪野球部のエースなんだよ。もし問題なんか起こしたらレギュラーから外される――いや、それどころか、部員が警察沙汰になったりしたら、それこそ次の大会に出られないかもしれねえ。そうなったら、俺は先輩たちに顔向け出来ねえ」

ああ、本当に……本当になんて気分が悪いんだろう。

人間はここまで自分本意になれるのだろうか？

ここまで、他者を蔑《ないがし》ろに出来るのだろうか？

ぼくはグッと奥歯に力を込めながら、江津から顔を背ける。

正直に言うと、ぼくは江津のことが嫌いだった。

だけどいまほど、顔も見たくないと思うほど、彼に嫌悪感を抱いたのは初めてだった。

ぼくが携帯電話を操作すると、彼は再び慌てふためいて、腕を掴もうとしてくる。

「邪魔するなっ！」

怒気のこもった声で強く言うと、江津はびくっと体を跳ねさせ、怯んだように一歩下がった。

その姿を白眼視しながら、ぼくは言う。

「安心しなよ、警察には連絡しない。まだ、ね」

まだ、やれることはある。それを試してみるまでは警察への連絡は待った方がいいかもしれない。

警察は、良くも悪くも目立つ存在だ。警察が動き出せば、当然、石神さんを誘拐した連中の耳にもその情報は流れるだろう。そうなったら、犯人は警戒を強め、身を隠してしまうかもしれない。

色々な誓約のせいでフットワークの重い警察組織が犯人を追い詰める頃には、石神さんはどうなっているか、考えただけでも怖ろしい。

ぼくは、自分に言い聞かせる意味で告げる。

「まだ、やれることはあるはずだ」

そうして、なにも出来ず呆然と立ち尽くす江津を一瞥してから、ぼくはすぐに御堂に連絡を入れた。

『おう、どうした？　色男』

「ごめん、冗談言ってる場合じゃない」

ぼくの真剣な口調でただごとではないことを感じ取ったのか、すぐに声のトーンを落とした御堂。

『なにがあった？』

事情を一通り説明すると、『そいつら、どんな格好だった？』と聞いてくる。

ぼくは石神さんが無理矢理車に押し込められる瞬間を見ただけで、犯人の姿をしっかり見ていなかった。

スマホを下げ、江津に聞く。

「石神さんをさらった犯人、どんな格好だった？」

「え？　えっと、全身黒ずくめだった」

「全員？」

「ああ。そうだよ。そんなことより、なあ、誰に連絡してんだよ間久辺」

そんなこと？

石神さんを探すことが、そんなことだって？

ぼくはもう、この男に一切の関心を抱きたくなかった。

無視して、御堂にいまの話を説明する。

『全身黒ずくめに、真っ黒なワゴン車。なるほど、犯人がわかったかもしれない』

「本当っ？」

『ああ。十中八九、黒煙団《ブラックスモーカー》っつうチームの一員だろうな』

「相手も不良なの？」

『そうだ。千葉連には加盟していないチームで、マッドシティに並ぶ若者の街、カシワを縄張りにしてる大規模組織だ』

「そいつら、ヤバイ連中なの？」

『ああ、イカれてやがる。カシワを自分たちの牙城として、他のチームのヤンキーを決して近づけない。入り込んできたら、即座にリンチで話し合いにも応じない。鉄壁の守りを誇る厄介なチームだが、こっちから手を出さないかぎり穴蔵にこもるモグラだ』

「だけどここはマッドシティだ。その黒煙団《ブラックスモーカー》がどうして？」

ぼくの言葉になにか考え込んでいるのか、あるいは言い淀んでいるのか、御堂は少しの間、沈黙した。だがすぐに口を開いてこう言った。

『恐らく、先日のライズビルでの一件が原因だ』

「それ、どういうこと？」

『お前がやったことは、良くも悪くもストリートギャングの世界を変えちまったってことさ』

「ぼくの、グラフィティが？」

『そうだ。チームの結び付きを色で示していたカラーギャング。黒煙団《ブラックスモーカー》は、名前と見た目からわかるように、黒《ブラック》ギャングとして有名だった。だが、ライズビルでの一件で、タギングこそが縄張りを主張するクールなやり方で、カラーギャングは時代遅れであるかのように、ストリートジャーナルで取り上げられちまった。この辺じゃ最古参のチームとして、我慢ならなかったんだろうな。線引屋とマサムネになんらかの接点があると踏んだ連中は、クラブ『モスキート』にマサムネの人間が出入りしていることを知って、潜入してたんだろう。そこで、俺たちチームのメンバーしか使えないVIPルームの方から出てきた女を拉致《らち》したってところじゃないか？』

「そんな理由で、石神さんは巻き込まれたっていうの？」

『それはパンピーの価値観だ。ヤンキーはメンツを潰されたら、どんなことをしてでも復讐する。俺たちだってそうだ』

そう。ぼくもその俺たちに含まれている。

だったら――

「御堂、どれだけ兵隊を出せる？」

『全面戦争起こすなら、鍛島さんと、千葉連の幹部にも話を通す必要がある。それだけ大ごとなんだ。すぐには無理だぜ』

それじゃあ駄目だ。

時間をかけた解決法なら、警察に任せる。

「御堂の独断で動かせるのは？」

『……あまり気は進まねえが、さっき会った俺の部下たち。あれが限界だ。言っとくが俺だってマサムネじゃまだまだ新参者で風当たりも強い。あまり派手にことを起こしたくないんだ』

「さっき、御堂自身が言ったんじゃないか。メンツを潰されたら、どんなことをしてでも復讐するって」

いまが、まさにそのときだ。

「間久辺、お前なにするつもりだ？」

そんなの決まってる。

「反撃だよ」

詳細は後で連絡する。そう言って、ぼくは電話を切った。

そして、すぐにスマホでブラウザを開く。

【情報求む！】

スマホの画面にそう文字を打ち込んでいく。

ブラウザに表示されるぼくの知りうるかぎりの掲示板に拡散を働きかけた。普段よく使っているサイトから、そうでないものまで、とにかく情報を箇条書きで打ち込んでいく。

【黒いワゴン車】

【スモークガラス】

【ナンバーの一番右端が7】


そして、これが一番重要な情報だ。

【車体の後方に『HELLO my name is 線引屋』と書かれたステッカーが貼られている】


そう、それはさっき御堂から受け取った代物《しろもの》だ。ぼくはワゴン車が走り出す直前、辛うじて車体に手を触れた。一枚だけ持っていたステッカーを貼るために。

御堂は確か、こんなことを言っていたっけ。

『お前がやったことは、良くも悪くもストリートギャングの世界を変えちまったってことさ』と。

線引屋というぼくの幻影は、偶然とタイミングが合わさって一人でに大きくなっていく。

そんなこと、別にぼくは望んではいない。

だけど……いや、こんなときだからこそ、ぼくは線引屋として自分がやったことを、信じてみようと思う。

それから数分もしないうちに、書き込みに対するコメントが返ってくる。

【まさか、噂の線引屋!?】
【全力で探します】
【自宅内警ら中の各人に告ぐ、ヤンキーは我らの敵だがクリエイターは別だ！
あの絵には感動を覚えた。君たちの捜索に期待する】
【ライズビルのグラフィティは早くも伝説。その車に線引屋が乗ってる可能性あり。
みんな、全力でさがせ！】

【【おう！】】

数多くのコメントが次々わき出てくる。
これが、線引屋の影響力。
とても、ぼくの手に負えるようなレベルじゃ……いや、いまはそれどころじゃない。
コメントを一つ一つ見ていくと、気になるものを発見する。
【これ、話に出てる車じゃね？？】
コメントと一緒に張り付けられた画像を見て、確信する。
間違いない、あのワゴン車だ。
【現在地の詳細希望！】

と書き込みすると、ほとんどタイムラグもなく、返信が来た。

【旭《あさひ》ノ《の》丘《おか》四丁目、廃工場付近。いま、中に入った模様。突入は勘弁願いたい。さすがに怖い】

それだけわかれば十分だ。

ぼくは再び、電話をかけた。

8

間久辺から連絡が入ったのを確認すると、ワンコールで俺は電話に出た。

『御堂、わかったよ』

なにがわかったと言うのだろう。俺はその疑問を口にした。

すると、間久辺は答えた。

『ヤツらの居場所さ』

「はあっ？」

どうやって、この短時間のうちにそんなことを。

聞いてみると、さっき渡したステッカーを使って、それを目印にしたとか。

間久辺は言った。『オタクの情報収集能力なめるな』と。

俺は驚きのあまり、言葉が出てこなかった。いま、俺はさぞ呆《ほう》けた間抜け面をしているのだろう。そう思い、壁一面のガラスに映る自分を見てみた。

なんだよ俺、笑ってやがる。

そうだ、この感覚はついこの間も経験したばかりだ。

線引屋。ヤツがそう呼ばれるようになったきっかけとなる大仕事。あのときに感じた、心の深い部分から込み上げてくるような興奮。覚悟を決めたときの間久辺比佐志って男は、本当に底が知れねえ。つくづくそう思った。

ならば、俺はヤツのためになにが出来るだろう。考え込んでいると、確認しておかなければならないことを思い出した。

「そうだ、間久辺。さっき部下の連中から知らせが入ったんだが、クラブに一緒に来ていたもう一人の女が、『連れがいなくなった』って騒いでいたらしい」

『加須浦さんが？』

「ああ。正直、説明している暇がなかったから、友達は急用で先に帰ったと伝えておいたぞ。構わなかったか？」

『うん。むしろ助かったよ。ありがとう』

間久辺の礼の言葉を聞き終えると、俺は早速話を本筋に戻す。

「それで、俺はなにをしたらいい？」

『居場所はわかったんだ。部下を向かわせてくれ』

「警察には連絡入れたのか？」

『いや、まだだよ。騒ぎを大きくして彼女の身になにかあったら困るから、まずは犯人の居場所を特定するのが先決だと思ったんだ』

良かった。

「賢い判断だ。わかってると思うが、これはストリートギャング同士の小競り合い。警察の介入は避《さ》けるべきだ。国家権力に頼ったなんて知れたら、マサムネの名が地に落ちるからな」

『そんなの、石神さんには関係ない』

「わかってる。それでも堪《こら》えろ。ライズビルでの一件を忘れた訳じゃないだろう？　下位の組織であるスカイラーズの壊滅で、あれだけことを大きくした鍛島さんだ。お前の行動で自分のチームがこけにされたら、今度はどうなるかわからねえぞ。本気になったあの人はヤバイ」

『……だけど』

まだ納得出来ないのか、間久辺の言葉は歯切れが悪い。

だから俺は言った。

「信じろ」

『え？』

「俺を信じろ。必ず無事に助け出してやる」

受話器の向こうで、数瞬沈黙が続いた。

だが、すぐに『信じてるよ』と返答がきた。

間久辺は俺を信じて、任せてくれたのだ。それだけで、なんでも成せるような、そんな気がした。

「わかった。お前のクラスメイトの救出は俺に任せておけ。それで、お前はどうするつもりだ？」

『ぼくも向かう。もし今回の件がライズビルに端を発しているなら、彼女の無事を見届ける義務がぼくにはあるから』

「そうか、わかった。無理はするなよ。お前はライターであって喧嘩屋じゃないんだ」

『わかってる。だから、なるべく急いでくれ』

「当然だ。俺たちに喧嘩売ってきたこと、後悔させてやる」

電話を切ると、俺はすぐに動いた。

「おい、お前たち！」

部下を呼びつけると、統率の取れた動きでヤツらは俺の前に一列に並んだ。

「これから、旭ノ丘四丁目付近の廃工場跡地に向かってもらう」

「なぜですか？」

部下の一人が、姿勢を崩さずそう言った。

「黒煙団《ブラックスモーカー》の連中が最近ここらをうろついていたのは知ってるな？　ヤツらがついに俺たちにちょっかいかけて来やがったんだ。ここで潰すぞ」

即座に「はいっ！」と声が返ってくる。

そう思っていた俺は、次に吐き出された言葉に衝撃を受けた。

「それは無理です」

その言葉に、部下全員が同意するように頷いた。

これまで、俺の命令に逆らわなかった連中が、どうして？

俺の疑問に答えるように、部下の一人が口を開く。

「御堂さん。あんた勘違いしてる。俺たちは鍛島さんの命令であんたの部下をやっているんだ。どうってことない命令なら聞く。だけど、チームの今後に関わりかねない行動には従えない」

「テメエら！」

「俺たちのこと、バカにしていたみたいですけど、こっちからしたらあんたの方がずっと滑稽《こっけい》だったよ。自分のチームを裏切って壊滅させるようなヤツを、鍛島さんが本気で信じると思っていたのか？」

俺は、なにも言い返せなかった。

マサムネの幹部に取り立てられ、部下を持つようになって俺は調子に乗っていたのだ。だけど現実は違った。鍛島は線引屋とのパイプ役である俺を側に置き、監視しておくために幹部に取り立てたのだ。薄々は気付いていたんだ。

それでも、力を手に出来るのならと、俺はそのことを受け入れたつもりだった。だけど実際、俺にはなんの力もない。アカサビみたいに圧倒的な力も、間久辺みたいな特出した才能もない。

ただただ、俺は無力だった。

それでも、信じて待つ間久辺のことを放っておく訳にはいかない。俺一人でも、アイツの所に行かないと。

そう思い、痛む足をおして立ち上がると、部下だった男たちが俺の行く手を阻むように立ち塞がる。

「どけよ、テメエらっ」

「それは無理な相談です。あなたの監視。それが鍛島さんから与えられた命令ですから」

鍛島のクソタヌキ、俺をたばかった訳だ。

「チクショウ、わかったよ。俺一人で行く！　それなら文句ないだろうが！」

「いいえ。それも許可出来ません。仮にもあなたはマサムネの幹部だ。そんな人間が黒煙団《ブラックスモーカー》とやり合ったりしたら、チームをあげた全面戦争になりかねない。少し考えればわかることでしょう？」

「くそっ！」

俺は成すすべもなく項垂《うなだ》れた。

これが俺の力。

信じてくれたヤツに、報いることも出来ない無力な自分。

すまねえ、間久辺。約束守れそうにねえ。

9

廃工場跡地は、この場所からそう遠くない。

ぼくは急いで走り出した。

江津がなにか言いたそうにしていたが、彼の言葉を待っている余裕はない。

歓楽街を抜け、駅前までやってくると、週末ということもあって人の往来が激しかった。しかし、夜はまだまだ長い。だからか、帰ろうとする人は少なく、お陰でタクシーを拾うのに苦労しなかった。

廃工場跡地まで、と運転手に告げると、いぶかしむようにあからさまに眉をひそめ、快《こころよ》い返事をしてくれない。あの辺りは工場が閉鎖されてから、長らく再利用もされないまま放置されている地区だ。そのせいもあって、不良たちの溜まり場として有名なのである。

再度頼むと、渋々といった様子で車を発進させる運転手。

廃工場までは駅から車で一〇分もかからない。

だというのに、車を走らせるにつれて人気《ひとけ》が少なくなり、工場が見えてくると街頭の明かり以外の光源がまるでない、ひどく寂《さび》れた雰囲気に包まれていった。

運転手に礼を言って金を払う。

すると、運転手は振り返り、眉尻を下げて言った。

「お客さん、気を付けなよ。あんた見たところ普通の若者みたいだから忠告しておくけど、この辺はかなり治安が悪い。どんな用事でこんな場所に来たのか知らないけど、変なことには関わらないほうがいい」

運転手のおじさんの表情は、本心から心配しているものだとわかった。

だから、ぼくも本心から「ありがとうございます」と言葉が出た。

「でも、大丈夫ですよ」

そもそも、石神さんが巻き込まれた原因に線引屋が関係しているのなら、ここで逃げ帰る訳にはいかない。

ぼくは、線引屋であることを――


「――自分で、選びましたから」

タクシーを降りると、ぼくは廃工場の広大な敷地を歩く。寂れた門扉《もんぴ》は当然のように壊され、出入りが自由になっていた。警備会社も入っていないあたり、土地の所有者もこの場所を完全に放置しているようだ。

確かに、見るからに不良たちの溜まり場って感じだ。

ヤバイ、トイレ行きたくなってきた。

覚悟した直後だっていうのに、すぐに恐怖心に支配される素直な自分の体が憎らしい。

でも、石神さんはもっと怖い思いをしているはずだ。

そう思うと、自然と足は前に進む。早く助け出さないと。

そうして進んで行くと、ぼくは決定的な物を発見する。

「黒い、ワゴン車」

遠目からでも、確かにぼくが貼ったステッカーが確認出来る。あれは石神さんを誘拐したワゴン車で間違いない。

スモークガラスで中が見えないため、まだ中に誰か乗っている可能性もある。なるべく車から離れて進もう。

慎重に慎重を重ね、工場の建物の入口にたどり着く。大きな搬入口のような鉄の扉は、錆び付いていて動かなくなっているのだろう。出入口は開け放たれたままだった。

周囲に人の気配がないことを確認すると、扉の陰に隠れながらゆっくりと顔だけ覗かせ、中を確認する。

あっ、いた、石神さんだ！

彼女は工場内の薄汚れたコンクリートの床の上に横になって、手足を縛られていた。衣服の乱れ、外傷などはなさそうだが、距離があるため正確なことはわからない。

少なくとも、あの強気な石神さんが恐怖のせいか、ボロボロ泣いているのだけは見て取れた。

中の様子を窺っていると、徐々に目、耳ともに慣れてきて、中にいる五人の男たちの会話まで聞こえるようになってきた。


「この女どうする？」

「連れ帰るのは決定っしょ。ここまでレベル高い女、そうそうお目にかかれねえ」

「お姉ちゃん、名前なんてーの？　って、はは、喋れねえか」

「ホント、誰の女だか知らねえがマサムネのウジ虫野郎どもにはもったいねえ上玉だ。壊れるまで使ってやろうぜ」

四人の男たちの会話を聞いていて、ある一つの感情がせり上がってきて、ぼくの頭を支配した。

それは厳然たる怒りだ。

恐怖心すら凌駕《りょうが》して余りある怒りが込み上げてくる。

しかし、ここでぼくが怒りに任せて飛び出して行ったところで、勝ち目など到底ありはしないことはわかりきっている。

だから、早く来てくれ、御堂！

信じているから！

そのとき、工場施設の入口付近に、大音量の音楽を垂れ流した車が荒い急ブレーキ音を立てて近づいてきたことがわかった。

来てくれたのか！

そう安心しかけたが、ふと違和感を覚えたぼくは、咄嗟に近くにあったドラム缶の裏に身を潜めた。

御堂は、自分の部下をチンパンジーのようにバカだと形容していたが、彼らの統率の取れた動きを見るかぎり、どうにも彼らがただのバカとは思えなかった。少なくとも、人質が取られているこの状況下で、こんな目立つ登場をするようには見えなかったのだ。

では、誘拐犯である黒煙団《ブラックスモーカー》の仲間だろうか。

だとしたら大変だ。もしこのまま彼らの陣地であるカシワに逃げられたら、本当に石神さんを救えなくなる。

もう待っていられない。警察に連絡するしかない。

そう決心しかけたところで、車から降り倉庫に入って来た、見るからにチャラチャラした男たちに誘拐犯は言った。

「誰だ、テメエらは！」

ん？　状況が読めない。現れたチャラ男たちは、誘拐犯の仲間ではないようだ。でも、明らかに御堂の部下とも違った。

誰なんだろう、彼らは。

その疑問は、チャラ男たちの言葉で明らかになる。

「ネットの書き込み見たんだけど、どこに線引屋がいる訳？」

そうか、彼らはぼくの書き込みを見てやって来たまったく無関係な第三者だ。手当たり次第に掲示板に書き込みしたため、命知らずな連中が興味本意でやって来ても、不思議じゃない。

チャラ男たちは怖いもの知らずな態度で、黒煙団《ブラックスモーカー》の連中を見る。

「全員黒くてわっかんねえなぁ？　マスクもしてねえし。あ、てか足元のあれ、女じゃね？　マジかよこれやべーじゃん。事件なんじゃね？」

そう言いながら、一人がスマホのカメラで黒煙団《ブラックスモーカー》を撮影する。

「なに撮ってんだオラ！　殺すぞおい！」

黒煙団《ブラックスモーカー》の男たちが焦った様子で駆け出す。

当然だ。犯罪の決定的瞬間を写真におさめられたのだから、冷静でいられるはずもない。

「うわ、やべぇ追ってきたし。逃げんぞ！」

チャラ男たちは慌てて踵《きびす》を返した。

それを追いかける黒ずくめの男たち。

チャンスだ。誰もいなくなったいまなら、石神さんを助けられる。

最後の男が工場の建物から出ていくのを見届けると、ぼくは急いで彼女のところまで走った。

いきなり近づいたことで体を跳ねさせるように身を引いた石神さん。絞り出したような悲鳴が喉を鳴らす。よほど怖い思いをしたのだろう。

石神さんは口元をガムテープで塞がれていた。両手足も、縛る物がなかったのか、ガムテープでぐるぐる巻きに拘束されている。

「しー、大丈夫。助けに来たんだよ」

ぼくは急いで足の拘束を解こうとする。

だが、犯人もバカではないのか、そう簡単に外れるようには拘束されていなかった。

なにか、切れるような物はないだろうか？

持ち物を探してみても、使えそうなものはなかった。持っているのはスマホとサイフ、線引屋のガスマスクに、ＶＩＰルームを出るときに勢いで持ち出してしまったスプレーインク缶。それ以外の荷物は部屋に置いてきてしまった。

駄目だ、使えるような物がない。

やはり手で剥がしていくしかないのか。

その間、石神さんは、顔を真っ赤にして「んーんー！」と唸っていた。

もしかしたら息苦しいのかもしれない。そう思い、口のテープを外した。すると、「うしろっ!!」。

その声とどちらが早かったか、左側頭部に強い衝撃と、遅れて激しい痛みが襲ってくる。同時に、さっきまで目の前にいた石神さんの姿が目の前から消えた。

ああ、違う。ぼくが吹き飛ばされたんだ。

頭に走る痛みに耐えながら顔を上げると、いつの間にか黒ずくめの男が一人、戻って来ていた。

「いやぁ、念のため様子見に来て正解だったわ。さっきの連中はブラフだった訳か？　あったまいいー。でも、ざぁーんねん。俺の方が一枚上手でしたぁ」

そう言いながら、手にした鉄の棒をぼくの腹部に突き立てる。

先端が鋭利《えいり》でなくとも、勢いよく突かれて呼吸が出来なくなり、ぼくは思わず地面をのたうち回った。

その姿を見て、げらげらと腹を抱えて笑う男。その間も攻撃の手を休めようとしない。中学時代にいじめられていたときも暴力を受けたことは何度もあったが、それとは比べものにならない痛みが全身を襲う。

ぼくは、成すすべなく痛みに耐えるしかなかった。

「止《や》めて！　死んじゃう！」

石神さんが涙ながらに訴えたことで、男はぼくを責める手を一旦《いったん》止めた。しかし、それは同時に男の関心がぼくから彼女に向くことを意味していた。

「泣き顔もかわいいねぇ。そのかわいい顔、これで殴ったらどうなっちゃうんだろう？」

鈍色《にびいろ》の鉄の棒をちらつかせると、石神さんはひきつったような悲鳴をあげた。

そんな彼女の姿すら、男にとっては楽しくて仕方ないのか、笑みを崩さない。

「まあ、ぐちゃぐちゃにするのは後でね。俺だって潰れたカボチャみたいな顔の女じゃ楽しめないからさ。たーっぷり体を堪能《たんのう》してから、飽きたら潰してあげる。ぐちゃっとね」

ぼくにも、石神さんの恐怖が手に取るようにわかる。

彼女を助けないと。心からそう思った。そのために、ぼくはここに来たはずなのだから。

しかし、心も体も言うことを聞いてくれない。

なんだってこんなにも弱いのだろう。心も、体も。

線引屋なんて大袈裟な名前をつけられたところで、結局はなにも変わらない。異世界に転生してチート能力を得たり、そんなのはフィクションの中の話でしかない。

ぼくはこの現実世界で、どこまでも無力なままだ！

恐怖に染まるぼくらを見て、男は張り付くような不気味な笑みを浮かべていた。人間の悪意の権《ごん》化《げ》のような男だ。

そんなの相手に、ただのオタクが勝てるはずない。

男は余裕綽々《よゆうしゃくしゃく》と懐からタバコを取り出すと、一本口にくわえた。

いいや、違う。ぼくはただのオタクじゃない。

さっき、決めたばかりじゃないか。

線引屋という自分を、受け入れるって！

男はタバコに火をつけるため、口元にジッポライターを近づけた。指先を操ると、小さな赤い火が現れる。

いまだっ！

ぼくは軋《きし》む体を勢いに任せて起こし、悲鳴をあげる腕を伸ばして、持っていたスプレーインク缶を炎に向けて噴射した。

すると、小さかったジッポライターの火はスプレー缶のガスの吹き出しにより火炎となって男を襲う。

驚くあまり、短い悲鳴とともに男はバランスを崩し、地面に尻餅《しりもち》をついた。

火炎は一瞬のことで、すぐに出てきたインクによって炎は消され、魔法のように男を焼き尽くすことはない。

それでも、目くらましには充分だっ！

ぼくは立ち上がると、全神経を左腕に集中させる。

生まれてこのかた、誰かを本気で殴ったことなんてない。

そう、今日が生まれて、初めてだ！

ぼくの腹の高さにあった男の顔を、左手に持ったガスマスクで振り上げるようにして思い切り殴った。

顎《あご》にキレイに入った攻撃は、男を後方へと転倒させる。

白目をむいて昏倒《こんとう》した男は、完全に意識を失っていた。

それから、ふらふらと歩き、ぼくは彼女に近づく。

「石神さん。ちょっとごめんね」

男が落としたジッポライターを拾い上げ、足をガチガチに固めたガムテープをほんの少し熱し、切り口をつくると、力を込めて一気に引き裂いた。

同じ要領で拘束された腕も解放すると、石神さんはぼくの胸に飛び込んできた。

全身殴られて痛いところだらけだったが、安心して泣き崩れる彼女を前に、そんなものは気にならなかった。

「ごめんね、石神さん。でも、早くここを出よう」

倒れている男の仲間たちがいつ戻ってくるかわからない。

ここは危険だ。

だが、石神さんは一向に立ち上がろうとしない。

いや、立ち上がれないようだった。

当然と言えば当然だ。知らない男たちに誘拐され、自由を奪われた上にヒドイ脅しをかけられれば、恐怖で誰だって体が縮み上がってしまう。

最悪、彼女を背負ってでもここから抜け出さないといけない。

覚悟を決めて立ち上がると、背後からの人の気配に、ゾッとして振り返った。

そこには、口元から血を流し、殺意に満ちた目でこちらを睨み付ける男の姿があった。その手には、振り上げられた鉄の棒。

避《よ》けられない。咄嗟にそう思った。

物理的にどうか、というよりも、避けたら後ろにいる石神さんに当たってしまう。

襲って来るであろう強い衝撃に耐えようとして、体が強張った——そのとき、激しいエンジン音とともに現れたバイクが男の体を弾き飛ばし、一緒になって転倒する。

バイクにまともに轢《ひ》かれた男は、今度こそ立ち上がるのは不可能だろうと思えるほどボロボロになっていた。辛うじて生きているようだが、それが不思議に思えるほどだ。

一方で、いきなり現れたバイクのライダーはピンピンしていた。

ヘルメットをかなぐり捨てると叫び出す。

「痛ってえ！　マジ痛ぇ！　今度はヒビじゃなくて骨折するわ！」

そう言いながらも、いきなり現れた御堂は元気そうだった
そして、ぼくの姿を見るなり、「無事だったか？」なんて聞いてくる。

「『無事だったか？』じゃない！　遅いよっ、どこ寄り道してたんだよ！　偉そうに部下まで引き連れていたくせに、もっと早くこれなかったのか？」

そうすれば、もっと早く石神さんを救うことが出来た。

彼女がここまで怖い思いをしなくて済んだかもしれない。

ぼくの言葉を受けた御堂は、申し訳なさそうに目を伏せた。

「ワリィ。どうやら俺は、利用されていたらしい。鍛島さんは端っから俺のことを信用してなかったんだ。俺が従えていた部下いただろう？　あいつらは、鍛島さんが、監視のために俺の側に置いた駒だったんだよ。お前から連絡受けて、助けに行こうとしたらそれを邪魔された。名ばかりとはいえ、マサムネの幹部である俺と、そこでのびてる黒煙団《ブラックスモーカー》の人間が衝突すれば、その争いはチーム全体を巻き込むことになりかねない。だから、ここに来るのを邪魔されたんだ」

だが、御堂はこうして助けに来てくれた。

「大丈夫なの、御堂？　だって、チームの意向に逆らってぼくたちを助けに来たんだろう？」

「まあそうなるな」

「それって大変じゃないか。だって、相手はあの鍛島だろう？　あの人は自分の利益のためなら、平気で人を脅すような人間だ。そんなヤツが、自分のチームに害を与える人間を許すはずがない」

ぼくの言葉に一瞬黙り込んだ御堂は、少しして、「だって仕方ねえだろう」と言った。その言葉とは裏腹に、どこか晴れ晴れとした口調で。


「約束、したからな」

そう言って、彼は破顔した。

信じて待つと言ったぼくの言葉を、御堂は守ってくれたのだ。

そのせいで、自分がチーム内で危うい立場に立たされることになるとわかっていても、御堂は捨て身の思いでこの場に来てくれたのだ。そのお陰で、ぼくも石神さんも無事に逃げ出すことが出来る。

だけど、そこに御堂の犠牲が払われていいはずがない。そんなことが許されていい道理もない。


黙って、いられるかよ！


ぼくは、泣きじゃくる石神さんを指さし、御堂に言った。

「彼女を建物の外に連れて行ってあげて」

「お前はどうするんだ？」

御堂の言葉を背中で受けながら、ぼくは、持っていたガスマスクを頭に乗せた。

「ぼくもすぐ追いかける」

そう答え、御堂が石神さんを連れて出て行くのを見届けると、ガスマスクを深くかぶった。

右手には、残り少ないスプレー缶が一本。

時間、道具、体力、すべてを総合して考え、やれることは、たった一つ。

タギング。

それは自己主張のためのグラフィティ。

ライターの名刺、顔とも言える象徴的なもの。それがタグだ。

御堂は、ぼくらを助けるために、チームの方針を無視して行動した。その結果、マサムネと黒煙団《ブラックスモーカー》の争いの火種を作ってしまうかもしれない。もしそんなことが鍛島の耳に入ったら、御堂は無事では済まないだろう。

だったら、御堂を救う方法は一つ。

黒煙団《ブラックスモーカー》と悶着《もんちゃく》を起こしたのがマサムネのメンバーでなければ、鍛島の怒りを買うことはない。

つまり、黒煙団《ブラックスモーカー》と衝突したのは線引屋だということにしてしまえばいいのだ。

幸い、線引屋はマサムネのメンバーではないとストリートジャーナルで取り上げられたため、線引屋の名前をこの場所に残せば、黒煙団《ブラックスモーカー》の怒りは正体不明のライター一人に向かうことになる。

作戦を成功させるために、ぼくは、イメージを頭の中で作り上げていく。

与儀さんがぼくのために作ってくれたステッカーには、線引屋の名前が描かれていた。彼女がぼくのためにデザインしてくれた一点物。シンプルでありながら、印象的なそのデザインは、見る者の記憶に焼き付くような、鮮烈《せんれつ》な印象を与える。

ぼくはスプレー缶を握りしめ、記憶の中にあるステッカーのタグをイメージに置き換え、壁に投影する。イメージの上をなぞるようにして壁にスプレーを吹き付けると、ホワイトのインクが線を形成して、薄汚れた廃工場の壁に、その色がよく映えた。

本来、ブロックのように角ばっている漢字は、スプレーインクで書こうとするとどうしてもスピードに難が生じてしまう。

だが、与儀さんのデザインしたタグは、漢字本来の硬さを兼ね備えながらも、スプレーの吹き付ける流れで書けるように、ほんの少し流線形を描いていた。


『線引屋』


そのタグは初めて描いたにもかかわらず、見た目ほど複雑ではなく、流れるような動きで簡単に描くことが出来た。

イリーガルなライターにとって重要視されるのは時間。与儀さんはそれも含めて、このタグをデザインしてくれたのだろう。

ぼくは壁に描かれた文字を見て、あらためて自問する。

本当に、これでいいのだろうか。

本当に、線引屋として生きていく覚悟はあるのか？

その問いの答えはしかし、すでに出されていた。

壁に描かれた、自らを主張する名刺《タグ》。

ぼくが何者であるかは、すでにそこに描かれていたのだ。


『線引屋』


壁に背中を向けたぼくは、これから、その名前を背負って生きて行く。

マスクに手をかけると、それを脱ぎ去り、廃工場を後にする。

外に出ると、御堂と石神さんが待っていた。

「お待たせ」と言って二人に合流すると、一人で歩けない石神さんに肩を貸していた御堂と代わるように、ぼくが彼女を支えた。

黒煙団《ブラックスモーカー》の仲間が戻ってくる前にさっさと逃げよう。

そう思い歩き出したぼくらとは裏腹に、御堂はその場に立ち止まっていた。

「なにやってるのさ。早く行こうよ、御堂」

「俺はいいから、お前たち二人はさっさとここを出ろ。なんだかよくわかんねえが、工場の入口んとこに『線引屋はどこだ？』って人垣が出来てた」

多分、押し寄せてきたのは、ぼくの書き込みを見たネットユーザーたちだろう。遅れて集まって来たようだ。

「俺が工場前を通り過ぎたとき、その集まってきた連中を、黒煙団《ブラックスモーカー》のメンバーが押さえ込んでいたが、あれが押し寄せるのも時間の問題だろう。俺が見つけた別の出入口には人がいなかったから、そっちから出るぞ」

「わかった」

このまま肩を貸しながら歩くのは大変なので、石神さんを背負って、立ち上がる。

ぼくが歩き出すと、逆に御堂は立ち止まり、出口だという方向を指差して言った。

「このまままっすぐ進めば外に出られる。行け」

「どういうことさ。御堂も一緒に行くんだろう？」

「いや、俺はいい」

「どうして？　あっ、まさか足が痛むの？　それとも、さっきバイクで転んだときにどこかを痛めたとか」

「そんなヤワじゃねえよ。後始末があるんだ。バイクもあれくらいの転倒なら動くだろうし、乗って帰らねえと。俺たちがここにいた証拠は残さねえ方がいいだろうからな」

「そんなの、御堂一人にやらせられない！」

だが、彼は黙ってかぶりを振った。

「これは俺の仕事だ。約束守れなかった、詫《わ》びだと思ってくれ」

「なに言ってるんだよ。約束、守ってくれたじゃないか！」

実際、こうして助けに来てくれた。

御堂が来なかったら、いまごろどうなっていたかわからない。

「いいから早く行け。誰かが来ちまうかもしれないだろうが」

急かされるように言われ、ぼくは御堂に背中を向けた。

ぼく一人じゃないんだ。石神さんもいる。だから、早くこの場を離れないといけない。そう思い、後ろ髪を引かれる思いで、ぼくはその場を後にした。

10

「さて、行ったな」

助け出した女を背負って歩いて行く間久辺の姿を見送ると、俺は張りつめていた緊張の糸がほどけ、しゃがみこんで痛みに耐えた。

最近、こんなんばっかりだチクショウ！

なんとか体の痛みが和《やわ》らいだところで、再び廃工場の中に入る。荒れ果てた工場には、誰かが居座っていたような形跡があちこちに見られる。

「ってことは、やっぱり黒煙団《ブラックスモーカー》のヤツら、この辺りを縄張りにしてやがった訳か。敵地のど真ん中に隠れ家用意するとか、端《はな》からバチバチにやり合うつもり満々じゃねえかよ」

ここに隠れ家を用意したのは、隙を見てマサムネを襲うためだったのだろう。これは、かなり計画的な犯行だった訳だ。

いまだに意識を失ったままの男。どうするか考えたが、どうせ黒煙団《ブラックスモーカー》の中でも下っぱの雑魚《ざこ》に違いない。連行してもしょうがないだろう。

これからどうしたものか。

監視についていた元部下の連中を無理矢理まいてきたからな。

それにしても〝アイツ〟無事だろうな？

俺はＶＩＰルームでの出来事を思い返した。


「どけよ、テメエらっ」

「それは無理な相談です。あなたの監視。それが鍛島さんから与えられた命令ですから」

「チクショウ、わかったよ。俺一人で行く！　それなら文句ないだろうが！」

「いいえ。それも許可出来ません。仮にもあなたはマサムネの幹部だ。そんな人間が黒煙団《ブラックスモーカー》とやり合ったりしたら、チームをあげた全面戦争になりかねない。少し考えればわかることでしょう？」

「くそっ！」

間久辺との約束が果たせない。

そう諦めかけたとき、部屋の扉が勢いよく開かれた。

立っていたのは、さっき間久辺と一緒にいたクラスメイトの男子だった。

息を荒らげながら、そいつは言った。

「あの、助けてください！」

途端に部屋の空気が凍りつく。

そいつもそれに気付いたのか、一瞬怯《ひる》んだ様子を見せたが、なにがしかの覚悟した目で、俺たちを見た。

一歩前に出て、そいつは言った。

「噂で聞いたことあります。このクラブは有名な不良チーム、マサムネが縄張りとして使っているって。あなたたちが、そうなんですよね？」

誰も答えようとしない。もちろん俺もそうだ。こんな訳のわからないガキに付き合っている場合じゃない。

しかし、そいつは諦めなかった。俺の方をジッと見つめる。

「あなた、間久辺と話してましたよね？　どんな知り合いなのかわかりませんけど、助けてください！　俺は弱い人間だからなにも出来ない。こんなことしか、出来ないんだ」

そう言って、頭を深く下げて、再び言った。

「助けてくださいっ！」

と。

「悪いが部外者には出ていってもらおうか」

そう言いながら俺とその学生の間に立った元部下。

俺が肩をすくませると、その学生も、状況がなんとなく読み取れたようだった。取り囲むようにして立っている男たちに、俺は軟禁《なんきん》されているのだ、と。

ガキと目が合う。その目は本気だった。だから俺は、そのガキに賭けてみることにした。他に手段もなかったしな。

目配《めくば》せし、タイミングをはかる。

チャンスは一度きりだ。頷きながら、タイミングを計る。

3……

2……

1……

いまだっ！

俺が立ち上がると同時に、学生は俺の行く手を阻んでいる屈強な男に飛びかかり、押さえ込んだ。

なにかスポーツでもやっているのか、なかなか良い動きだったな。

俺はヒビの入った足でなんとか部屋を抜け出し、廊下を駆け抜ける。だがやはり、ときどき激しい痛みが襲ってきて全速力では走れなかった。

すでに追っ手はすぐ後ろまで迫っていた。

万事休す、そう思ったとき、部屋の中で元部下を押さえ込んでいる学生が、廊下に顔を半分だけ出しながら叫んだ。

「木下っ、能田っ、その人を守れ！　追ってるヤツを食い止めろ！」

他の男子学生二人は、顔を見合わせるとすぐに行動に移した。

まさか、事前に示し合わせていたのか？

いや、そんなことはないだろう。

だが、そう思えるくらい、三人組は息の合った連携で俺を逃がしてみせた。

去り際、俺は必死の覚悟で頼み込んできた学生に名前を聞く。

「江津です、江津隆《たかし》。それより、あの二人を助けてください！　お願いします！」

その間も不良を必死に押さえ込んでいる江津とその仲間。

俺は最後に、「任せとけ、江津！」と、そう言って監視を抜け出したのだった。


江津たち、無事だといいが。

でもまあ、マサムネのヤツらもパンピー相手にそこまで本気になったりしないだろう。少し殴られるくらいで許されるに違いない。

それより、問題はこっちだ。

今回の一件が黒煙団《ブラックスモーカー》からの襲撃だったと証明出来なきゃ、再び俺と間久辺は鍛島を敵に回すことになるだろ

あのタヌキが自分の思い通りにならない駒を野放しにしておくはずがない。

そのとき、俺は足元に落ちていたジッポライターを発見し、拾い上げる。

その装飾部分には、『黒煙団《ブラックスモーカー》』と記されていた。聞いたことがある。これはチームの仲間と認められた者しか持てない、黒煙団《ブラックスモーカー》オリジナルの物なのだと。

しめた！　これを持って行けば、今回の一件、黒煙団《ブラックスモーカー》の方から仕掛けてきたのだと鍛島に証明出来るかもしれない。

だが、まだ少し材料が足りないような気がする。

黒煙団《ブラックスモーカー》から仕掛けてきたことがわかっても、俺が鍛島の許しもなく、勝手に乗り込んでしまった事実に変わりはない。これで黒煙団《ブラックスモーカー》との全面抗争に発展すれば、恐らくチームに甚大な被害が出ることになるだろう。

相手は、県内屈指の怪物チーム。最古参だけあって、数も闘い方も恐らくは上。

もしも抗争に発展するようなことになったら、俺は間違いなく鍛島に殺されるだろうな。

だが、不思議と後悔はない。恐怖はあっても、自分がやったことは間違いではないと胸を張って言える。

ライズビルでのグラフィティ。

不可能を可能にし、期待に応えてくれた間久辺に、今度は俺が恩返しをする番なんだ。だから、これでいい。

そう思い、いい加減下ばかり見ている自分を鼓舞するように、俺は顔を上げる。そして視界に飛び込んできたものに、思わず目を瞠《みは》った。

そこに広がっていた光景は、まさにグラフィティ。

線引屋のタグが、その壁に打たれていた。

間久辺の野郎、さっき俺たちを先に出したのはこのためだったのか。やってくれんじゃねえかよ、チクショウ。

黒煙団《ブラックスモーカー》が隠れ家として利用していた建物に、線引屋がタギングをしたことで、黒煙団《ブラックスモーカー》の意識は完全に線引屋に向かうことになる。たった一人のグラフィティライターにコケにされたとなったら、ただでさえ目の敵にしていた黒煙団《ブラックスモーカー》は、マサムネよりも、まず線引屋を狙うことを考えるだろう。

恐らく、これで俺は救われる。

いや、違うな。また、救われちまったんだ。

恩返しのために、今度は俺が助ける番だったのに、また助けられてしまった。

間久辺は日常と非日常の境界線《ボーダーライン》の上を危なっかしく渡り歩いている。冴えないオタクがアンダーグラウンドで生きて行くのは、そう容易《たやす》いことではないだろう。

巻き込んだのは俺だ。それでもあいつは、悩みながらも覚悟を決めてこのタグを打ったに違いない。

自分が線引屋であると、まさしく間久辺の確固とした決心を体現するように、その線は揺るぎなく、そして力強かった。

「そうか、お前、線引屋として生きることを決めたんだな」

描かれたタグを眺めながら、なぜこんなにも心が躍っているのか、俺はその理由にようやく気付いた。

ライズビルでのグラフィティ。

あの一件で俺は、完全にやられちまったんだ。

他の誰でもない、線引屋のファン第一号は、きっと俺だ。

だからこそ、俺はなんとしても、間久辺たちをここから無事に脱出させたいと思った。そのためにこの場に残ったんだ、と。

入り口で争いをしている連中が中に入り込んでくるのも時間の問題だろう。俺が見た限り、かなり血の気の多そうな連中ばかりが集まっていた。

線引屋の正体を知るためにこんな場所まで足を運ぶ連中だ。黒煙団《ブラックスモーカー》のメンバーが中に入れまいと立ちはだかっていたが、突破されるのも時間の問題だろう。突破してきた連中に常識が通用すればいいが、もしも黒煙団《ブラックスモーカー》みたいなゲス共だった場合、間久辺たちが危ない。

建物の中には線引屋のタグが打たれていて、間久辺はいま、スプレーインクとガスマスクを所持している。その二つを結びつけるくらいの脳みそは、バカでも持っているだろう。

満足に動けない女を連れて、どこまで逃げ切れるかわかったものではない。

だから俺は、この場に残って少しでも時間を稼ぐ必要がある。

様子を見るために入り口の方へ足を運ぶと、相変わらず若い男たちの騒がしい声がする。

しかも、状況はさっきまでとは比較にならないほど悪い方向に転がっていた。

俺を追いかけて来たのか、『モスキート』に残してきたマサムネの連中まで集団に紛れ込んでいたのだ。江津は俺を逃がすために足止めしてくれたが、それも一瞬のこと。俺の部下だった連中はもうすでに、俺を追ってここまで来てしまった。

辛うじて救いなのは、黒煙団《ブラックスモーカー》の連中にあいつらがマサムネの人間だとバレていなさそうなことだが、それも時間の問題だろう。

黒煙団《ブラックスモーカー》とチャラ男連中、そして俺を追ってきたマサムネのメンバーが、三者三様に睨み合っている。いまにも一触即発、臨戦態勢に入っているが、ここで騒ぎを起こしたらそれこそ後々チームを巻き込んだ大問題になるとわからないのだろうか。

観察を続けていると、しかし、どうも様子がおかしいように思えた。

間久辺が書き込んだ掲示板を見てやってきた怖いもの知らずのチャラ男たちと、黒煙団《ブラックスモーカー》の連中、そして俺の元部下だった集団。その三つの勢力は対峙しているのではなく、別のなにかに対して身構えていた。中心に立つ、一人の男を取り囲みながら。

俺の位置からだと、ちょうど人垣が重なっていてその人物の顔が見えない。

怒声交じりの声で、黒煙団《ブラックスモーカー》の一人が言った。

「いきなり現れて、テメエ何様だこら！　『争いをやめねえと全員叩き潰す』だ？　オッケーいいぜ、やってみろやカスが！」

俺の視界を奪っていたヤツが集団の熱気に煽《あお》られ少し動いたことで、たった一人、三つの勢力と対峙する男の姿がはっきり見えた。

薄汚れたスニーカーにデニム、濃いグリーンのブルゾンを着た真っ赤な髪の男。

喧嘩屋アカサビが、そこに立っていた。

11

——ったく、面倒くせえな。

オレはどうしてこう、いつも不良共に絡まれるのだろう。

ちょっと脅し程度に「潰すぞ」って言っただけで、別に本気で喧嘩なんてするつもりはねえんだよ。なのにどういう訳だか、いつも暴力の方からオレに近寄ってくる。

「オラ死ねやぁ！」

黒ずくめの男がいきなり殴りかかってきやがった。

仕方ねえ。オレは拳を構えると、男の拳に合わせるようにパンチを繰り出し、男の拳と正面からぶつけ合った。

拳同士がぶつかり合う、ゴチン、という鈍い音がして、黒ずくめの男はキタネエ面《つら》をさらにくしゃくしゃにして痛みに悶《もだ》えた。

オレはそんな黒ずくめの様子をちらりと見やって、言った。

「猛者《もさ》ってのは、拳を交えれば相手の実力がわかるって言うだろう？　オレはテメエらみたいな連中を散々蹴散らしてきたんだ。踏んできた場数が違うんだよ。オレも、オレの拳もな」

ギュッと握り拳をつくると、誰かが言った。

「いや、拳を交えれば強さがわかるって、そういう意味じゃねえし。ガチで拳ぶつけ合うヤツいねえって」

「ああん？」

オレが声の方を振り返ると、チャラ男がサッと口を手で隠すのが見えた。

「どうだっていいんだよそんなことは。次かかってくるヤツは誰だ。それとも、どうする。全員まとめてかかってくるか？」

睨み付けるようにしてそう言うと、チャラ男たちは引きつった笑みを浮かべながら、「冗談じゃねえ」と言葉を発する。

「ネットで噂の都市伝説、マジだったのかよ。最強の喧嘩屋なんて、相手にしてられないっつうの」

そう言うと、四人組のチャラ男たちは、振り返って一目散に逃げて行った。

追いかけるつもりはねえし、騒ぎが収まるならそれでいい。

残されたのは黒ずくめの男たち、あと、このバイク集団はなんだ？　走り屋集団か？

そのもう一つの集団も、どっかの不良チームであることは間違いないだろう。目を見ればだいたいまともな連中でないことくらいわかる。

それに、オレのことを知っていて怯んだように後ずさったってことは、オレを知っている上に、殺《や》られることにビビッているってことだ。

つまり、不良潰しをして回っているオレの標的になることを恐れているってことだ。

黒ずくめの連中と、変なバイク集団は合わせても一〇人。

しかも、見るからに腰が引けているくせに他のチームの人間の目がある手前、余裕を示そうとする。

黒ずくめの一人が、震える声で言う。

「テ、テメエ！　俺たちが黒煙団《ブラックスモーカー》の人間だってわかって手ぇ出してんだろうな？　も、もしこれ以上やるってんなら、ウチらのチームが黙ってねえぞ！」

「それで脅してるつもりか？　応援団だかなんだか知らねえがウゼェんだよ、そういう雑魚《ざこ》が徒党を組んで粋がってる姿。テメエらこそ刻めよ、オレの名前を。アカサビ、その名を聞いたら震えあがるくらい、キツイの食らわしてやるから覚悟しておけ！」

すると、黒煙団《ブラックスモーカー》の一人が雄たけびをあげながらかかってくる。

嘆息《たんそく》し、オレは拳を握りなおす。

喧嘩なんて本当はやりたくねえんだが、仕方ない。

降り掛かる火の粉は、振り払わねえとな。

オレは、本当に火の粉を払う程度の力で、一人目の攻撃を軽くいなすと、勢いよく通り過ぎて行った男の背中にハイキックを食らわす。

すると、男はまともに背中に攻撃を受け、もがき苦しみながらせき込み、その場に跪《ひざまず》く。

次に動き出したのは黒煙団《ブラックスモーカー》とは違う方のチーム。

こっちは少しばかり冷静なのか、若干統率が取れているように思えた。

まあ、オレに言わせればそんなことは些細《ささい》な違いでしかない。

二人同時に攻撃するという方法でオレを襲ってきたが、連携のまるで取れていないコンビネーションン攻撃など当たる道理がない。

オレは標的を定め、一人が殴りかかる瞬間にもう一方の男の髪の毛を鷲掴《わしづか》みにする。そして、攻撃の軌道上に無理やり顔を持って行かせることで、勢い良く繰り出された拳は、止まることなく仲間の頬を捉え、打ちぬいた。コンビネーションが逆に仇になったたな。

さて、これでそれぞれのチームから一人ずつ脱落者が出た。残りは八人。

このまま一人ずつ消耗していくかと思っていたが、バイク集団の方が、「なりふり構わず突っ込め！」と声を張りあげて訴えかけた。

へえ、やるじゃねえか。正直なところ、厄介《やっかい》なのが捨て身による集団攻撃だ。殴られること、痛めつけられることが確定した場合、人間は自暴自棄《じぼうじき》になりがちだ。そういう連中の攻撃っていうのは、滅茶苦茶な分、予想がつかなくてやりづらい。

「――普通、だったらな」

襲いかかってきた連中を次々あしらいながら、オレは、不良連中の足だけを執拗《しつよう》に攻め続けた。足さえ潰してしまえば、相手の機動力は格段に落ち、どれだけの数が相手でも負けることはなくなる。

そうして周囲を見渡すと、足を押さえながら痛みに悶え苦しむ不良連中で溢れていた。その光景を見ても、オレの心は一つも痛まなかった。

こいつらは痛みがないとなにも理解出来ないバカなんだ。一人相手に集団で襲い掛かるような卑劣な連中には、この際だからしっかり教育してやらないといけねえ。

そうしなければ、オレじゃない誰かが傷つくことになる。そんなことは絶対に許す訳にはいかない。

だからオレは、膝を蹴り抜かれて立っていられなくなっているそれぞれのチームに対し、ありったけの怒りを込めて言った。

「これ以上やるって言うなら、本気で相手になってやる。封じていた喧嘩屋のスタイルってやつを、存分に味わわせてやるよ！」

その脅しが最終的な引き金となって、ヤツらは命乞いをしてきた。見逃してくれ、と。

別に、逃げたければ好きにすればいい。

戦う気がなくなったというのなら、オレはそれで構わない。

そう告げると、男たちは痛む足を引きずりながら、捨て台詞の一つも吐かずに工場の敷地から逃げ出して行った。

さてと、残るは一人。

「出て来いよ。そこのドラム缶の裏にいるヤツ」

呼びかけると、少しして男が現れた。

両手をあげ、戦う意志はないと示しているようだ。

男はそのままの姿勢で、口を開いた。

「さすがアカサビ。脅しだけで二つの不良チームの戦意をそぐなんて大したもんだ」

「誰だテメエは」

いや待て。この男には見覚えがあるような気がする。

オレの疑問に答えるように、男は言った。

「この前公園で会ったよ。俺は御堂数。あんたに潰されたスカイラーズの元メンバーだ」

そういえばそうだ。確か、早々にオレに気付いて戦わない道を選んだ賢い不良がいた。その名前が、御堂だったはずだ。変わった名前だからな、名前だけは覚えている。

「それで、どうしてその御堂がここにいる。テメエもさっきの連中とグルなのか？」

警戒を強めてそう言うと、御堂は「ふざけんな」と、割とマジで頭にきた様子で言葉を返してきた。

「連中は俺の敵だ。つーかここにはダチを助けにきたんだよ。そういうあんたこそ、なんでこの場所に現れたんだ、アカサビ」

答えてやる義理なんて、まあ、ねえわな。

ただ、オレがこいつを信用していないように、こいつもまたオレを信用してはいないだろう。

だからまあ、隠すようなことでもないし、話してやった。


ついさっき、って言ってももう一時間くらい前になるが、駅前でやることもなくブラブラしてたら、声をかけられた。

よくあることなんだ。駅周辺で働いている連中は、毎日この野蛮な夜の街で生活している訳だから、トラブルに巻き込まれることが多い。そんなとき、いつからか荒事専門でオレのところに相談しに来るヤツらが増えてきた。喧嘩の代行業とか、ふざけた勘違いしている連中も多いが、本当に困っている人も中にはいて、そういう人たちの相談に乗っているうちに、顔見知りもそれなりに増えていった。

駅を基点にタクシーの運転手をしている男もその一人だ。運転手はオレを呼び止めると、「相談がある」と言って切り出した。

話によると、さっき乗せた乗客が不良たちのたまり場として有名な廃工場跡地に向かったという。その乗客の若者は見るからに一般人で、なにか不良たちの良からぬ企みに巻き込まれているんじゃないかと思って、心配だと言ってきたのだ。

まあ、運転手としても自分が乗せた客が運んだ先で事件に巻き込まれた、なんて寝覚めの悪い事態は避《さ》けたいわな。だからオレは、様子を見にこの場所にやって来たんだ。

説明を終えると、御堂は声をあげて笑った。

「世の中なにがあるかわからねえな。あいつ、まさか自分を乗せたタクシーの運ちゃんに助けられたなんて、思いもしないだろうな」

なにを言っているのかわからねえが、どうやら事態はそれほど深刻じゃなかったみたいだ。運転手の心配性が先走っただけで、案外、オレが来なくても問題なかったのかもしれねえ。

「ったく、拍子抜けだぜ。オレは帰るぞ」

そうしてオレは、廃工場を後にした。

夜の街、オレの住処《すみか》に戻るために。

12

背中にかかる重みによろめきながら、無言で道を歩く。

聞こえてくるのは、ぼく自身の荒い息づかいと、石神さんのすすり泣く声だけ。

御堂の言った通り、裏道から廃工場の敷地を抜けると、一般道に出ることが出来た。

やがて落ち着きを取り戻したのか、石神さんは鼻声で言った。

「どうして……助けに来たの？」

「質問の意味がわからないよ。助けられたくなかったの？」

「そんな訳ないじゃない！」

「じゃあなに？　ああ、そうか。どうせならぼくみたいなキモオタじゃなくて、白馬に乗った王子様に助けられたかったってこと？　石神さんも女の子なんだね」

はぁ、はぁ、はぁ。

苦しい息づかいを、なるべく抑えようと努力する。だけど運動音痴のぼくは体力もない。せめて、言葉だけは明るい調子で返そうと心がけた。

そうすることで、少しでも石神さんの恐怖心が和らいでくれたらいいと思ったのだ。

「……バカ、そうじゃないわよ。そうじゃなくて、どうしてウチなんかのこと助けに来てくれたの？　だってウチ、いままで間久辺にいっぱいヒドイこと言ったし、してきたじゃん。なのに、どうして？」

「どうして、か」

ぼくにもよくわからなかった。

線引屋として、巻き込んでしまったことへの責任？

それもあるかもしれない。

だけど、一番の理由は多分違う。

「嬉しかったから、かな？」

「え？」

「ほら、あの日、ぼくが看板を描き直していた日。様子を見に来てくれたの、石神さんだけだったから」

「そ、そんなの当たり前じゃん！　だって、だって、壊したのウチだし、それに、それに」

言いたいことがまとまらないのか、すごく焦っている石神さん。

どうやら照れているみたいだ。

へえ、こんな一面もあるのか、知らなかった。

話してみないと、わからないことっていっぱいあるな。つくづくそう感じた。

ぼくは思わず笑いそうになるのを堪えて言った。

「確かに、看板を壊したのは石神さんかもしれない。それでも嬉しかったんだよ。学校で誰かに気を遣ってもらったのなんて、久しぶりだったから。ほら、差し入れの中身、お菓子とかいっぱい入ってたし、それに、飲み物も二本入ってた。手伝ってくれるつもりだったんでしょう？」

石神さんは、否定も肯定もしなかった。

ただ消え入りそうな声で、「バカ」と呟くだけだった。


はぁ、はぁ、はぁ、はぁ、はぁ。


さすがに疲れて言葉数が減ってくる。

「ねえ、辛くない？　大丈夫なの？　無理ならウチのこと下ろしていいから」

そんなこと言って、まだ足に力が入らないことくらい、さっきからブラブラしている彼女の両足を見れば明らかだ。

「……すごい汗」

「ご、ごめんね。はあ、はあ、はあ。汗とか汚いから、なるべく体離してくれていいから」

気遣いで言ったつもりだったのに、なにを思ったのか石神さんは、さっきよりさらに強くぼくの背中にしがみついてくる。

まあ、この方が運びやすいんだけど。耳元に、彼女の吐息《といき》がかかる。

「うるさいバカ。イヤじゃないし、汚くもない。それに、あんたはキモオタでもない。少なくとも、ウチにとっては白馬の……」


はぁ、はぁ、はぁ……ん？　なんだ？


自分の心臓の音と、荒い息づかいのせいでよく聞き取れない。

脳に酸素が行き渡っていないのも原因かもしれない。

「ごめん石神さん、最後まで聞き取れなかった。なんだって？」

「う、うるさいわね、黙って歩きなさいよ！」

なんだか、急に元気になる石神さん。いつもの彼女に戻ったみたいで安心する。ぼくのことをキモオタと罵《ののし》ってるくらいの方が、なんだか落ち着く。

元気になったせいかな？

ぼくにしがみつく腕は、先ほどよりもむしろ強くなり、体は密着しているように感じた。

ほどなくして石神さんは自分で歩けるようになり、ぼくは彼女を家まで送り届ける。

最後に彼女が言った、「助けてくれてありがとう」という、まっすぐな言葉に虚をつかれ、こっちが照れてしまった。

そうしてようやく、ぼくも自宅に帰る。その頃には、日付はとっくに変わっていた。

静かに玄関の扉を開くと、仁王立ちで立っているのはマイシスター。ご立腹であるのはその目を見ればわかる。

だが、すぐにぼくが体中ボロボロなことに気付くと、慌てて駆け寄ってきた。

夜道が暗かったせいで全然気付いていなかったが、殴られた頭部の傷口から血が滴《したた》り落ちていた。

「救急車っ！」

そう言って深夜遅くに騒ぎ出す妹を落ち着かせるのに、残された最後の体力を使い果たす。

ケガの手当てを大袈裟なくらいやってくれた妹からようやく解放され、ぼくはベッドに倒れこんだ。

眠りは一瞬でぼくの意識を奪っていった。

それからまる二日、ぼくはほとんどベッドの上での生活を余儀なくされた。

体が痛んだのもあるが、起き上がると妹が心配そうにぼくを見てくるのだ。

これでは、コインロッカーに預けた制服と、『モスキート』のＶＩＰルームに置き忘れた荷物を取りに行けない。仕方ないので、御堂に頼んで届けてもらったのだが、玄関で顔を合わせた妹が、ぼくに怪我をさせた不良と勘違いして一悶着《ひともんちゃく》あった。誤解は解けたが、おかげで精神的にちっとも休まらなかった。

週明け、学校に行くため、ようやくベッドから解放されるぼく。

両親含め、ケガのことについて何度も聞かれたが、ぼくは知らない不良に絡まれたと言って逃《のが》れた。まあ、完全なる間違いではないからいいだろう。

土、日と二日経ち、体のアザも少しはよくなってきたけれど、それでもまだ傷は目立つ。まるで試合直後のボクサーみたいだ。道行く人の視線が痛い。

ようやく学校に到着しても、クラスメイトの目が気になる。

いつも孤立しているが、今日は悪目立ちしている分、いつも以上に居心地が悪かった。

教室を見渡すと、江津、木下、能田の三人がぼくほどではないが顔にアザを作っていた。

昨夜、荷物を持ってきた御堂から、今回の一件がなんとか片付きそうだと報告された際に聞いた。

『江津ってヤツと、そのダチ二人が居なかったら助けに行けなかった』と。

江津なりに考えて、自分に出来ることをやったのだろう。

ぼくは江津の方を見るが、彼がこっちを向くことはない。

それにしても、相変わらずクラスメイトの突き刺さるような視線がすごい。

はあ、どうしよう。

ホームルームまでトイレにでも逃げ込んでいようかな。どうせこの後、午前中は文化祭の後片付けだけなんだし、大した話はないだろう。

そんなことを考えていると、教室の後ろの扉が勢い良く開き、室内の視線を集める。ぼくも思わず顔を向けた。

そこに立っていたのは石神さんだった。

見たかぎり外傷もないようだし、安心した。

他人から見られることに慣れているのか、石神さんは教室内をぐるりと見渡すと、一切怯んだ様子を見せずに教室に入ってくる。

女子数人と挨拶を交わし、チラとぼくの方を見たかと思うと、迷いなく近づいてきた。

そして、ぼくの前の席の男子に「椅子かして」と言うと、返答も聞かずに腰を下ろす。

おかしいのは、椅子を反転させ、黒板に背中を向けるようにして座ったことだ。要するに、机を挟んでぼくと石神さんが向き合うような形になった。

「……え、な、なに？」

ぼくはそう言って石神さんを見た。

彼女は「んー？　別にー」と言いながら、ぼくの机に頬杖をついて、顔をジッと眺めてきた。一対の大きな瞳に見つめられ、顔に穴があいてしまいそうな気分だ。

「ねえ。傷、痛む？」

石神さんの言葉を聞いて、ああ、なるほどそういうことかと納得した。

どうやらこの奇っ怪な行動は、ぼくの体を気遣ってのものみたいだ。

だからぼくは答えた。

「うん、大丈夫。見た目ほど痛くないから」

石神さんはぼくのことなんて気にしなくていいんだ。

だからさっさとどっかへ行ってくれ。

さっきからクラスメイトの視線がすごいんだよっ！

結局、その後もことあるごとに石神さんが構ってきたせいで、ぼくはその日一日、クラスの好奇の目にさらされることになった。

13

昼休み。ウチと百合はたいていい一緒にお昼を食べる。

百合は、いつも通り手製の弁当を広げながら、「あっ」となにかを思い出したような言葉を発し、少し膨れ面になった。

「そういえば冴子さあ。この間クラブから黙っていなくなったでしょう？　急用だっていうのは聞いてたけどさ、連絡の一本くらい頂戴よ。心配するでしょう？」

ウチはその説教にも似た言葉に、あの不良連中のことを思い出さずにはいられなかった。

だけど、車に押し込められ、誘拐されたなんて言ったら、きっと百合は心配してしまう。だからウチは、あえて今回の事件のことは黙っておくことにした。


さて、こうして教室で二人、机を合わせて向かい合って座る。

そのときどきによって運動部男子、女子が加わってくることもあるけど、ウチら二人はいつも一緒だ。

仲良くなったきっかけがあった訳じゃない。

ただ、ウチは読モやってる関係で、可愛い女の子に興味があるから話しかけた。

あ、興味って言っても変な意味じゃなくて。

ウチは薄めにするよう意識してはいるけど、化粧せずに学校なんて来られない。見た目なんていくらだって作り込むことが出来るんだから、それをやらない手はない。

だけど百合は天然物の可愛さがあって、普通にすっぴんだけ見たらウチなんてとても敵わないと思う。ああ、悔しい。

それになにより、純粋に他人から可愛いと思われる容姿、仕草は彼女の生まれ持ったものだ。

だから、研究の対象として、百合はうってつけの相手だった。

「あーん、コショウと間違えて粉末のカルダモンかけちゃった～」

ね？　わかったでしょう？

なにをどうしたらそんなミスが発生するのかしら。

お弁当箱を開けた瞬間、教室に香ばしいスパイスの匂いが立ち込める。作った段階で気付きなさいよ、なんて言うのは無粋な話。

これが加須浦百合っていう娘の魅力なの。


脱線しかけた話を戻すけど、百合とはセットでいることが当たり前なくらい、仲の良い友達だ。向こうがどう思っているかは知らないけど、ウチが親友と呼べる相手は、少なくともこの娘を置いて他にいない。

だから、少し照れくさいけど、話しておこうと思ったの。

「ねえ百合。ウチ、気になるヤツがいるんだけど」

「坂上先生？　あの人カツラじゃないよ」

「いや、サカティーがヅラかどうかはどうでもいい……いやちょっと待って、百合、それどうやって確認したの？」

「ん？　そんなの、本人に聞いたに決まってるじゃない」

度胸あるわねこの娘。

でも本人の言葉ほど当てにならないものはない。

サカティーのヅラ説は取りあえず保留。

「って、そうじゃない！」

そんなことはどうでもいいのよ。

「ウチ、異性として気になる相手がいるの」

「うっそぉーーーーーーーーっっっっっ!?」

「いや、なんでそんな驚くし」

「だって冴子だよ？　まわりの男なんてイモくさいガキばかりだって吐き捨てるあの石神冴子が、異性に？　興味？？　にわかには信じられないわ」

そこまで驚くことないじゃない。

ちょっとムッとしたウチの表情をこんなときばかり敏感に察知した百合は、話を合わせるように言った。

「で、相手は誰なの？」

「誰って……」

周囲を見渡す。

さすがにここで名前を出すのは無理だ。

「あ、言いづらいならどんな人かでもいいよ。ここ教室だもんね」

耳を近づけ、自分にだけ聞こえるように配慮する百合。

どんな人、か。そうだなぁ。

そういえばアイツ、前に友達同士で好きな女のタイプとか生意気に話していたっけ。そのときは興味なかったから、っていうかキモかったから気にしなかったけど、いまとなっては大きな問題だ。

ウチは、顔を近づけ百合に言った。


「そいつ、二次元の女が好みのタイプだってさ」


「その人やめた方がいいよ」

あの表情豊かな百合の顔から、スッと感情が抜け落ちた。

ウチは慌ててフォローする。

「でも、カッコいいとこもあるんだよ。ウチがヤバかったとき、身を呈《てい》して守ってくれたりとか」

「ふーん」

さっきとは一転、ニヤニヤと嫌らしく笑いながら、暖かい眼差しを向けてくる百合。

「な、なによぅ？」

「ううん。いいんじゃない？　冴子、すっごい女の子って感じ」

「それ、アイツにも言われた。『女の子なんだね』って。いやウチどう見ても女の子じゃない？」

「うーん、どうかな？　『女の子』っていうより『女《ウーマン》っ！』って感じ？」

「あーはいはい、どうせ可愛げありませんよ、悪かったわね！」

「ごめん冴子ぉ。そんな膨れないでよ」

「ふん、そういう百合はどうなのよ？」

「どうって？」

「気になる相手、いないの？」

「え？　いるよ」

即答っ!?　天然って怖い。羞恥心とか母親のお腹の中に忘れてきちゃったのかしら？

「つか、いるならもっと早く教えてくれればいいじゃん。水くさいな。で、そっちはどんなヤツが気になっている訳？」

「うんっとねぇ」

百合は頷くと、答えた。

「ガスマスクした、すごくカッコいい人」

「そいつやめた方がいいよ」

ウチも思わず真顔になって止めた。

「えー？　カッコいいじゃない、線引屋さん！」

「ただの不良でしょ？　素性もわからないようなヤツ、関わるだけろくなことにならないわよ」

「そのミステリアスな所がいいんじゃない」

「平凡が一番よ。多少趣味が偏《かたよ》ってても、裏表のない男がいいに決まってる」

「なんか、冴子の口からそんな言葉が出てくるなんて意外。よっぽどその人のこと気に入ってるんだね」

「ふ、ふつぅだし！」

「そうなの？」

「ふつうに……気になるけどさ」

「じゃあコクっちゃえば？　冴子美人だし、絶対うまくいくって」

「はあっ？　あ、ありえないってバカじゃないのぶん殴るよ！」

「やめてよ殴らないでよ」

はあ、と呆れた様子でため息を吐く百合。

「冴子なら大抵の男子が交際オッケーすると思うけど、なにか告白出来ない理由でもあるの？」

「まあ、ね。実はウチ、そいつにこれまでいっぱいヒドいことしてきたし、言ってきた。嫌われてるに決まってるのよ」

「なーんだ。じゃあ話は簡単じゃない」

百合は至極《しごく》当たり前なことみたいに、はっきり言う。

「仲良くなるために、頑張らないとね」

ウチは思わず呆けた顔をさらしてしまう。

人間関係は、失敗したらやり直すことがとても難しい。そんなことくらい、百合だって知ってるはずだ。

それでも彼女は言った。

本気なら頑張れと。

「そうだね」

ウチは百合の言葉に頷く。

「やっぱあんたに相談して良かった。ありがとね、百合」

ふと見ると、教室の後ろの扉がゆっくりと静かに開かれる。

昼休みになると姿を消すので少し調べてみたら、どうやらアイツ、オタク仲間と一緒に美術室でお昼食べてるみたい。

もうすぐ昼休みも終わるし、早めに戻ってきたのだろう。

それにしても、教室に入るとほんとキョドっちゃって、草食動物みたい。

百合の励ましの言葉が頭に浮かぶ。

『仲良くなるために、頑張らないとね』

うん、と自分を奮い立たせるように一回頷くと、ウチは席を離れる。視線の先をたどった百合は、クスッと笑って「頑張って」と言った。

はいはい、応援ありがとう。

そのお返しの意味も込めて、「あんたも頑張んな」と返答する。

さて、行こう。

遠目に見ていても相変わらず挙動不審なアイツのことを、クラスの連中は小馬鹿にして笑うけど、ここぞというときにきちんとキメることを、ウチだけは知ってる。

ぼさぼさの長い前髪から覗き見するみたいに、いつもキョドってオロオロしてばかりのアイツは、ウチが話しかけたらどんな顔をするだろう。

びっくりして、困った顔をするかな？

それとも、喜んでくれるかな？

後者だったらいいのに。

そんな風に悩むウチは、立派な女の子だよねって、間久辺に聞いてみたいな。

14

月曜日の真昼間から、こんな場所に呼び出されるとは夢にも思っていなかった。

クラブ『モスキート』のＶＩＰルーム。

そこで、俺は鍛島から呼び出しを受けていた。

理由はわかっていた。

鍛島が裏で命令して、俺の部下になった連中。そいつらの言葉をすべて無視して、俺は、間久辺を助けるために勝手な行動を取った。つまりそれは、チームリーダーである鍛島の言葉を無視したことと同義なのだ。

説教、なんていう可愛らしい言葉で済めばいいが、なんらかの制裁は覚悟しておいた方がいいかもしれない。

俺は考えれば考えるほど重たくなる足をなんとか動かして、ＶＩＰルームの前まできた。

挨拶して中に入ると、そこには鍛島が一人でソファにもたれ掛かっていた。用意されたカクテルを舐めるように飲みながら、俺のことを鋭い眼光で見上げる。

「聞いたぞ。黒煙団《ブラックスモーカー》と小競《こぜ》り合いしたんだってな？　なんで部下の言葉を聞かなかった。あいつらが俺の差し金でお前を監視していたこと、まさか気付いていなかった訳じゃないはずだ。お前はマサムネの人間になったんだよな？　だったら、通さなきゃならねえ筋ってもんがあることは、当然理解しているはずだ」

「すみません鍛島さん。だけど、黒煙団《ブラックスモーカー》の連中、マサムネの縄張りで好き勝手やってたんっすよ。もしこのまま黙っていたら、舐められっぱなしになっちまう。だから俺は、チームのためを思って」

ガシャン、となにかが割れる音が室内に響いた。

俺の顔、一個分離れた距離を飛んだグラスが壁に当たって割れた音だ。

鍛島はグラスを投げた姿勢のまま、俺を睨み付けながら言う。

「チームのためかどうか、それを判断するのは俺なんだよ。御堂テメエ、はき違えてんじゃねえよ。もしこれで黒煙団《ブラックスモーカー》とマサムネがやり合うことになったらどうするつもりだ？　お互い、暗黙の停戦協定を結んでいるような状況だ。それを破るなんて容易いが、黒煙団《ブラックスモーカー》はすぐ隣町を仕切るチームだ。もし戦争になったら、それこそ奇襲もなにもあったもんじゃねえ。正面からのぶつかり合いだ。どれだけの被害がチームに出ると思ってやがる。その責任、テメエに取れるのか？　あ？」

やはり、論点はそこだろう。

だから俺は、廃工場で拾ったジッポライターと、線引屋のタグについて説明した。

「そのジッポはマサムネの縄張りに手を出した連中が持っていた物です。つまり、黒煙団《ブラックスモーカー》から仕掛けてきた証拠。そして廃工場に描かれたタグによって、黒煙団《ブラックスモーカー》の怒りの矛先は線引屋個人に向かうはず。これで少なくとも、黒煙団《ブラックスモーカー》がマサムネに戦争吹っ掛ける大義名分はなくなったはずです」

それでも黒煙団《ブラックスモーカー》が攻めてきた場合は、もう俺の責任ではなく、純粋に黒煙団《ブラックスモーカー》が停戦協定を破ったという話になる。

だがこれらはあくまでも、理詰めした結果論でしかない。

このことで、俺が鍛島の意志にそぐわない行動を取った事実が消える訳ではないのだ。

鍛島にとって、自分の思い通りにならない駒を手元に置いておくメリットはない。

そうなると、俺が必死になって言い訳しているこの状況事態が茶番で、もう俺をどう処分するか、決定していることだってありえる。

やがて鍛島は、長い沈黙を破った。

「わかった。今回はお前の度胸と機転に免じて不問にしてやる。だがな、好き勝手やれるのも今回だけだ。次はない」

はあ、マジ助かった。

俺は態度には出さなかったが、心の底から安堵した。

「肝に銘じておきます」

頭を下げ、俺は「失礼しゃすっ」と言って部屋を後にする。

これ以上、鍛島と二人きりという精神衛生上良くねえ状況下に身を置いておくのは嫌だった。

だが部屋を出る間際、鍛島は俺を呼び止める。

振り返ると、そこには不快な笑みを張り付けた顔があった。

あのときと同じだ。俺たちを脅して、間久辺にグラフィティを描かせたあのとき。

鍛島はあの日を再現したように、こう言った。

「頼みがあるんだが、いいか？」

「な、なんすか？」

「また描いてもらいてえな。なあ御堂、お前から頼んじゃもらえねえか。線引屋に」

言葉とは裏腹に、それは否定を許さない決定事項だった。

鍛島の思惑にはまっちまうのは癪《しゃく》だが、ここは頷くしか方法がない。

そして鍛島が口にする、描いて欲しいグラフィティのイメージを紙にメモし、俺はそれをしまい込む。

これで話は終わりかと思ったが、最後に、思い出したように鍛島は口を開いた。

「そういえばお前、アカサビとはどういう関係なんだ？」

いきなり考えてもない名前が出たため、答えに困っていると、その反応が素であると判断したのか、補足の言葉が投げかけられる。

「いやな、お前がいた廃工場にあの喧嘩屋アカサビが現れたらしいんだ。そこで、お前を追いかけて行った俺の部下が数人やられたそうなんだよ。お前、なにか知らないか？」

俺はかぶりを振って、アカサビとの関係を否定する。

実際、ヤツとはなんの関わりもないし、あいつが廃工場に現れたのも俺とは無関係だ。

「そうか。そうなってくると、あの喧嘩屋は理由もなく現れて、俺の部下に喧嘩吹っ掛けた訳か。前から快くは思っていなかったけどよ、まあ、たかが喧嘩屋一人に目くじら立ててもしょうがねえと見逃してやってたが、ちょっとばかり調子に乗りすぎだな。これ以上、俺の街で好き勝手やるようなら、あの邪魔くせえゴミの排除も考えないといけねえな」

そう言った瞬間の鍛島の瞳は、憎悪と敵意に染まっていた。

俺はあまりの恐怖で、なにも答えられず、そのまま部屋を出た。

中にいる間、鍛島と二人きりとか生きた心地がしなくて、ようやく緊張感から解放されたことで安堵のため息がこぼれた。

だが同時に、再び街に争いの種が発生したことに、俺は一抹《いちまつ》の不安を感じずにはいられなかった。

エピローグ

「はあー」

ぼくはクラスメイトの好奇《こうき》の目からやっと解放されて、安堵の息を吐く。

放課後になった。いつもだったら美術室に向かうところだが、今日は用事があるため一足先に下校することにした。

それにしても、感謝してくれるのはありがたいんだけど、石神さん……やたらと関わってくるものだから、クラスメイトの視線を集めて生きた心地がしない。ただでさえ生きづらい学校生活を思うと不安でしょうがない。

唯一の癒しといえば、やはりマイエンジェル加須浦さんの存在だな。彼女の笑顔を思い浮かべると思わず顔がにやけてしまう。すると、殴られた顔の傷がチクリと痛んで、思わず顔を歪める。

「なんだよ、気持ち悪い顔して」

いきなり酷い言われようだ。約束の場所に到着したぼくを待ち構えていた御堂に、「この顔は生まれつきだ」と返す。

「はは、冗談が言えるならもう体の方は大丈夫そうだな。だいぶ顔の傷も治ってきたんじゃないか？」

「なにそれ、傷が治りかけているのに『気持ち悪い顔してる』とか言ったの？　どんだけ毒舌ぶち込んでくるのさ。ぼくという歪《いびつ》な芸術を世に産み落としたお母さまに謝りなさいよ！」

「気持ち悪いってのは変な顔でニヤけてたから言ったんだっつの！」

「いや、知ってるけど」

「テメエ舐めてんのか！」

御堂は肩で息をするくらい、全力のツッコミを入れてくれた。

なんだか、ぼくは安心していた。

こんなやり取りを再び御堂とすることになるとは、少し前までは思いもしていなかった。ライズビルのグラフィティを最後に、アンダーグラウンドとは手を切るつもりだったんだけどな。

ふっと力を抜くように笑った御堂は、バカ話もそこそこにポケットの中から紙を取り出し、ぼくに手渡してくる。

急な話ではあったが、鍛島がチームの新しいアジトを用意したから、そこにマサムネのタグを打ってほしいと言いだしたらしい。昼休みに御堂からその連絡を受けたぼくは、道具一式をカバンに入れたままだったことを思い出し、即日取りかかることにしたのだ。

さっき、電話で御堂から聞いた内容と、渡された紙に書かれていたもので、だいたいのイメージは頭の中で固まっている。

御堂は神妙な顔つきに変わり、言った。

「間久辺もわかっていると思うが、鍛島さんは怒らせない方がいい。どうも最近、俺たちのことを疑っているような節が感じられるからな。今回もビシッと決めてくれよ。やれるか？」

ここはマッドシティ最大勢力、マサムネの縄張り。うかつに通りかかる人間はいないだろうが、万が一ということもある。ぼくはしゃがみ込んで、鞄の中身を漁った。

「おい、聞いているのか間久辺」

「聞いてるよ。誰に言っているのさ」

ぼくはそう答え制服を脱いで、汚れてもいいように真っ黒いパーカーを着込むと、鞄の中からスプレー缶と、ドクロを模したガスマスクを取り出す。あらためてその二つを見てみると、ぼくにとって非日常、大げさな言い方をすれば異世界への扉の鍵のように感じられた。

マスクを頭に乗せ、薄汚れた茶褐色の壁を眺めて、思う。

やれるか、だって？

そんなの、言われるまでもない。

グラフィティライターにとっては、インクさえあれば、街全体がキャンバスになる。

ぼくの言葉を聞いた御堂は、肩を竦《すく》めた。

「オーケー、わかった。後は任せるぜ、間久辺。いや――」

そうして、口元に笑みをたたえると、彼は言った。

「――線引屋」

ぼくは腕と手首を順番に回し、体の痛みがグラフィティに影響するほどのものではないことを確かめると、一回頷く。そして、頭に乗せたガスマスクで顔を隠すと、パーカーのフードを目深《まぶか》にかぶり、頭の中でスイッチを切り替える。レンズ越しに見える視界は良好だ。

「さて、始めるとしようか」

そしてぼくは、灰色だった日々を塗り替えるように、目の前の壁に向かって、勢い良くスプレーインクを吹き付けた。

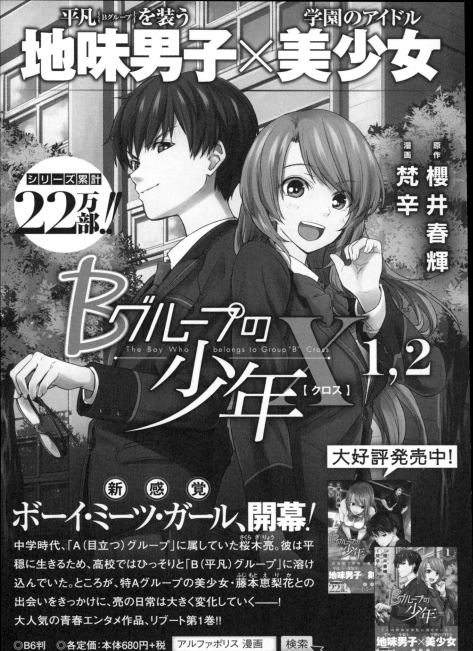

大人気小説「月が導く異世界道中」が
PCブラウザゲーム化！
月が導く異世界道中
Tsuki ga michibiku isekai douchu
新たな魔人と共に紡ぐ、
もう一つの「月導」
月が導く異世界道中 PC online game
2017.SPRING
coming soon!!
©Kei Azumi ©AlphaPolis Co., Ltd. ©FUNYOURS Technology Co., Ltd. キャラクター原案：マツモトミツアキ・木野コトラ

とあるおっさんのVRMMO活動記
PCオンラインゲーム
絶賛サービス中!
ワンモアフリーライフオンライン
とあるおっさんのオンライン活動記
上級クラス実装で
新たな展開へ!
キャラクター固有のスキルを自由に組み合わせ、
自分だけのコンビネーションを繰り出そう!
詳しくは http://omf-game.alphapolis.co.jp/ へアクセス!
©2000-2016 AlphaPolis Co.,Ltd. All Rights Reserved.

超人気異世界ファンタジー THE NEW GATE
スマホアプリ絶賛配信中！
THE NEW GATE
ザ・ニュー・ゲート
大迫力の本格バトルRPG
ここに開幕――！
毎週 新装備が続々登場中！
新規でゲームを始めると
10連ガチャ
1回分のジェイルを
プレゼント！
【Android】Google Play
【iOS】App Store
でダウンロード！
公式サイトは
こちら
http://game.the-new-gate.jp/
©Shinogi Kazanami ©AlphaPolis Co., Ltd. キャラクター原案: 魔界の住民・三輪ヨシユキ

アルファポリス「第9回ファンタジー小説大賞」

優秀賞受賞作！

友人達と一緒に、突如異世界に召喚された男子高校生ヒビキ。しかし一人だけ、だだっ広い草原に放り出されてしまう！ しかも与えられた力は「鑑定」をはじめ、明らかに戦闘には向かない地味スキルばかり。命からがら草原を脱出したヒビキは、エマリアという美しいエルフと出会い、そこで初めて地味スキルの真の価値を知ることになるのだった……！ ギルドで冒険者になったり、人助けをしたり、お金稼ぎのクエストに挑戦したり、新しい仲間と出会ったり——非戦闘スキルを駆使した「鑑定士（仮）」の冒険が、いま始まる！

◉定価：本体1200円＋税　◉ISBN 978-4-434-23014-1

◉Illustration：しがらき